VIVEZ MAINTENANT !

Catherine Brunel Corteggiani

VIVEZ MAINTENANT !

Édition : BoD – Books on Demand, 12/14 rond-point des Champs-Élysées, 75008 Paris
Impression : BoD - Books on Demand, Norderstedt, Allemagne
ISBN: 9782322400560
Dépôt légal : Novembre 2021
© Catherine Brunel Corteggiani

Tous droits réservés.

PROLOGUE

Septembre 2020

Elle est là, posée dans une salle vide
Vide de vieillards lassés de la vie
Vide de visages ridés à l'œil pétillant quand une mélodie les ramène à la vie.
Elle est là, posée, un après-midi sans musique à 14 h 45, pâle, le regard lourd de torpeur et d'ennui, les yeux embués de sommeil d'une sieste écourtée.
Elle esquisse un sourire épuisé à un visage familier, à une voix aimante ponctuée de fausses notes de joie.
Elle tente une réponse épuisée, elle donne tout ce qu'elle peut donner aux visiteurs gesticulant de l'autre côté.
Des silhouettes blanches vertes et mauves nous frôlent en courant d'air.
Derrière les masques fantomatiques, des yeux de rapace scrutent visiteurs et captifs, bannissent amour, toucher et tendresse, remèdes émotionnels qui ramènent à la vie.
De l'autre côté de la vitre, deux mètres comme l'exige le protocole, elle tend ses mains déformées, crispées, avides d'étreintes que seul le néant peut accueillir.
La tête tombe d'abandon et de résignation.
Et l'heure tourne, il ne s'est rien passé, la visite est presque terminée.
La visite d'une famille « bien », strict respect des règles sanitaires.

Un mot, encore un mot, réminiscence d'un passé heureux la fait tressaillir.

Les lèvres s'entrouvrent sur des dents écornées, et le vide est comblé d'une langue avide de baisers de contact et d'amour.

Relents de gel, de désinfectant, de détergent et d'excréments, une porte s'ouvre, un œil inquiet, soucieux du travail bien fait, ça s'est bien passé ?

Il est 15 h 30, l'heure de disparaître loin de la paroi de verre.

Elle, c'est une femme, touchée comme des milliers d'autres personnes par la maladie d'Alzheimer. Une maladie qui condamne les êtres affectés à vieillir dans l'oubli de leur histoire. Une maladie tragique. Aucun traitement ne peut en venir à bout. Les personnes atteintes désapprennent à pas feutrés les acquis de toute une vie.

Que reste-t-il de leurs journées ? Des mains enlacées, un bras sur l'épaule, un baiser filial, une musique fredonnée, un rire connu. Gestes tendres, petits bonheurs quotidiens, visites, rencontres, sont les seuls accompagnements qui apaisent.

Des fins de vie qui durent et s'éternisent sur le fil de l'agonie. Des souffrances muettes indescriptibles, surtout en temps de pandémie. Les soins d'amour sont en pause au gré des confinements et quarantaines interminables, des interdictions de sortie. Les injonctions pleuvent. Rester dans la chambre, ne pas déambuler, ne pas s'approcher. Parler, parfois. Quand d'autres en ont décidé ainsi, à l'heure et au moment qu'ils ont choisi, loin derrière une vitre en plexiglas. Un univers carcéral. Des fins de vie dans l'indignité.

La pandémie s'arrêtera, des bilans seront dressés, l'aveuglement causé par les statistiques anxiogènes s'effacera et la lumière sera faite avec discernement. L'épidémie aura emporté des personnes fragiles, le chagrin et l'isolement aussi.

Et la maladie d'Alzheimer, sera-t-elle vaincue un jour ? Y aura-t-il un vaccin, des traitements ? Nos descendants seront-ils comme nous, condamnés à voir leurs parents perdre leurs repères, leurs souvenirs, leur âme ? Le diagnostic d'aujourd'hui conduit au désespoir, les remèdes sont peu efficaces. Seules les thérapies non médicamenteuses permettent aux malades de pallier les déficits cognitifs, de retarder l'évolution de la maladie. Maigre consolation quand on en connaît les effets et le dénouement inéluctable.

Pourquoi ne pas mettre des mots à cet espoir ? Qui nous interdit de croire en la guérison, d'attendre des rémissions ? Et si un jour la science permettait à nos proches de vaincre la maladie ?

Désirons, imaginons… naviguons entre réalité et fiction pour garder espoir.

-1-

LES STRELITZIAS

« Les hommes ne vous trouvent sages que lorsqu'on partage ou qu'on approuve leur folie. »

Alphonse Karr

Juin 2017

1-Une journee aux Strelitzias

7 h 00. Le jour se lève à l'EHPAD Les Strelitzias. Sous les pâles lueurs de l'aube, l'équipe de nuit s'évapore en silence, en quête d'apaisement dans la fraîcheur de la rosée matinale. Respirer, s'emplir des bienfaits de lumière de cet été précoce sur les collines provençales, humer les effluves de lavande, de thym, de romarin et de sauge. Recharger l'énergie nécessaire pour attaquer la journée et affronter la nuit prochaine.

Marie surveille l'heure sur l'écran de son téléphone. Si la route n'est pas trop encombrée, elle pense être à l'heure pour conduire ses jumeaux à l'école. Elle s'habille de son sourire de maman insouciante, dans l'espoir d'estomper les cernes de la nuit.

Les Strelitzias… quel joli nom pour une résidence de personnes âgées… Et quel cadre enchanteur… Ce matin le soleil illumine les trois bâtiments aux tons orangés du parc arboré. Un complexe à taille humaine au cœur d'un jardin méditerranéen en harmonie parfaite avec l'ocre de la pierre. Palmiers, cyprès et yuccas ondulent en signe de bienvenue aux visiteurs qu'ils accueillent sous leur ombrage. Entre les édifices où glycines et bougainvillées partent à l'assaut des murs, des parterres de fleurs aromatiques offrent aux résidents leurs senteurs réconfortantes et guérisseuses.

8 h 00. Au premier étage, les équipes s'affairent. Les infirmières dressent un bilan des dernières heures autour d'un café serré. Les blouses mauves des aides-soignantes s'égrènent dans la salle commune et les couloirs. Enveloppés d'une moiteur opaque aux relents de détergent et d'urine, les résidents - comme on se plaît à les appeler - peinent à émerger de leur torpeur. Des vieillards édentés et décharnés traînent leurs pantoufles, le regard vide et vitreux. Le bourdonnement des aspirateurs et le cliquetis de la vaisselle accompagnent le personnel dans leurs tâches matinales.

Une chaude journée s'annonce. Il faut aérer. Les fenêtres s'ouvrent sur la vie et le premier chant des cigales.

« Bonjour Mme Sorin ! Venez prendre votre petit-déjeuner.
-… »

« Mme Bontemps, vous n'avez rien mangé !
- J'ai pas faim. »

« Allez, Marguerite, je vous emmène faire votre toilette.
- Non… »

« M. Savatier, vous avez fini votre café ?
-… »

Dans le petit salon, la télévision ronronne et tourne en boucle. Luis Mariano diffuse ses roucoulades aux accents romantiques. Ici gémit une femme qui cherche son mari, là-bas se tient un concert de ronflements. La nuit s'éternise. Plongée dans un coma collectif, gueule de bois unanime. Sur les tables, des cocktails de pilules de couleur puissants, efficaces, longtemps. La matinée passe.

11 h 15. Nouveau ballet de blouses mauves. Quelques résidents se joignent à la danse dans des déambulations erratiques, vers les tables ou les chambres, vers le nord qu'ils ont perdu depuis longtemps, avant de perdre aussi le sud, l'est et l'ouest. Les effets des drogues se dissipent peu à peu. Les soignants appliquent à la lettre techniques et protocoles bien éprouvés pour installer toute la communauté à table. D'abord les patients les plus calmes ou les plus fatigués, puis les plus bavards ou ceux qui répètent la même rengaine à longueur de temps, enfin les plus agités qui de toute façon ne resteront pas assis. Il faut éviter les disputes, les conflits, gérer les pathologies… avant la nouvelle distribution de médicaments.

Jeanne, Amélie et Ginette mangent à la même table. Ce sont les patientes les plus autonomes, les plus coquettes. Fières de leurs coupes de cheveux frisottés, elles se tiennent bien droites et patientent. Des clins d'œil de connivence remplacent la parole. Elles marmonnent quelques compliments, quelques vacheries aussi, sur leurs colocataires désarmés. Des grands-mères désorientées, mais paisibles et « raisonnables ».

Simone est seule pour le repas. Brune, sèche, le regard d'acier, le poignard au bord de la pupille. Gare à tout être qui osera l'approcher ! Derrière son menton rentré dans son col de chemise, elle peine à contenir la haine de ce qu'elle est devenue, la haine de sa dépendance, de ce corps dont elle est prisonnière. Son cerveau ne décrypte plus qui elle est, comment elle doit être et qui sont les autres. Elle ne sait plus manger seule, mais le personnel rechigne à l'aider, « on se protège ». Une aide-soignante intérimaire est en arrêt maladie. Hier, Simone lui a planté une fourchette dans la joue gauche.

Robert aussi, doit être mis à l'écart dans la salle commune. En tout cas, quand il consent à y aller, car aucune pilule ne semble avoir d'effet durable sur lui. Une force herculéenne accompagne ses propos violents et hostiles. « On m'épie, on me vole, on m'enferme ». D'un pas lourd et menaçant, il parcourt les couloirs, la casquette de travers. Il exige des explications, des rendez-vous, des excuses. Il arpente le réfectoire tel un militaire en furie, sous le regard apeuré des douces mamies attablées. Le personnel l'évite. Tout geste bienveillant peut être pris pour une agression Même sa famille a déserté. « Il a sombré dans la folie, ne nous reconnaît plus. Quand il délire, on ne peut plus rien pour lui. »

Gisèle est arrivée aux Strelitzias il y a deux ans. Deux longues années, pendant lesquelles elle a cherché son mari, partout, à toute heure du jour et parfois de la nuit. Aujourd'hui, elle ne cherche plus, elle hurle sans répit : « C'est pas moi, c'est les autres !!! C'est pas moi, c'est les autres ! Mais c'est pas moi, c'est les autres !!! » Inlassablement, obstinément, avec constance et détermination. Abandonnée par son mari, délaissée par sa famille, meurtrie et sans repère. Les résidents craquent, « elle nous fatigue », les voisins portent plainte. On la laisse désormais dans sa chambre, le plus loin possible au bout du couloir, à s'abîmer les cordes vocales de son désespoir profond. La raisonner ? Peine perdue. Cruelle ironie du sort, le nom de famille de Gisèle est Repetto. Aujourd'hui, Gisèle Repetto n'est plus à table avec les autres.

Louise traîne ses semelles compensées sur le sol poisseux et prend place auprès des mamies complices. Elle communique peu, mais écoute et aime rire aux éclats, parfois. Rire des mots qui composaient la gouaille fleurie de sa jeunesse, des bêtises, des mots coquins, des images truculentes. Rire des situations, de la mémé qui chante faux, de la vieille rombière qui râle tout le temps, de la cuisinière qui vient déclamer le menu coiffée de sa toque blanche, rire de bonheur quand ses enfants viennent lui rendre visite.

Mais Louise ne rit pas des démences et violences de ses co-reclus. Les rabâchages de Mme Repetto l'électrisent, elle crie trop fort. Les injonctions militaires de Robert la terrorisent. Dès qu'elle l'entend tonitruer au bout du couloir, Louise se fige, pâlit et cesse de se nourrir. Elle baisse les yeux, réflexe de défense pour ne pas attiser la colère.

Louise mange peu, de moins en moins. Elle était pourtant bonne cuisinière, autrefois ses yeux brillaient de plaisir devant le fourneau. Les veilles de fêtes, elle mariait à merveille saveurs, épices, accords subtils de produits frais du marché. Aujourd'hui, ses mandibules fatiguées façonnent une boule compacte de tambouille mixée multicolore et insipide. Pour éviter les « fausses routes », viande, légumes, sauce et pain sont savamment broyés, agglutinés, transformés en bouillie compacte et collante. Louise la gourmande, l'épicurienne ouvre la bouche. Survivre, c'est tout.

12 h 00. C'est l'heure de la sieste au premier étage. Digestion et médicaments plongent les résidents dans une lourde torpeur. Têtes renversées sur les accoudoirs, bouches ouvertes, paupières mi-closes. Les blouses

blanches et mauves s'accordent un temps de répit dans leur bocal de verre, un œil sur le planning, l'autre sur le salon, prêtes à bondir en cas d'urgence.

15 h 00. C'est l'heure de la collation. Sur les mêmes tables aux couleurs délavées, décorées de miettes du déjeuner, atterrissent jus de fruit, compotes et madeleines, engloutis par certains, boudés par d'autres, et aujourd'hui vomis abondamment, car oui, « même en été, c'est une période des gastros », commente le personnel, même qu'ils y sont tous passés dans la famille. « Eh, que voulez-vous, quand on travaille ici, on ramène le bouillon de culture à la maison… » Et le goûter s'achève sur un transfert de miasmes vers la salle commune.

15 h 45. Saïda, jeune aide-soignante, se propose pour faire une animation. « Ce n'est pas dans ton contrat », gronde la chef, « je sais, c'est important, mais le mois dernier, la petite Jessica a essayé et s'est attiré les foudres de ses collègues, tu comprends, pendant ce temps, tes copines font les chambres et les toilettes. C'est le boulot de l'animatrice ce que tu veux faire. Oui, je sais, il n'y en a plus. M. Morandini, le directeur a dit qu'on n'avait plus le budget pour ça, et si toi tu donnes, il va trouver ça bien, puis il va exiger des autres, alors… Oh, puis, fais ce que tu veux ».
Saïda, bouillonnante sous de longs cils recourbés, la voix chantante, passe en musique des balles en mousse, des vertes, des bleues, des rouges, appelle les couleurs, sollicite les prénoms, en haut, en bas, on roule, on donne, « Et hop, c'est bien Amélie, bravo Ginette, Louise lancez moi la balle rouge, allez Louise, non Robert ne gardez pas les balles, lancez-les à la dame à côté de vous… » Accroupie, allongée, Saïda, caressante, encourageante, débordante de sollicitude, offre son entrain et sa beauté

d'âme, sous le regard blasé et ironique de ses compagnes de travail.

L'animation s'achève à 16 h 15, il est temps pour Saïda d'aller faire les chambres du couloir orange. « Pendant que tu t'amuses, Saïda, les toilettes ne vont pas se faire toutes seules ».

Télévision en boucle. 28 °C. « Et si on aérait ? » propose la fille d'une résidente. « Vous n'y pensez pas, Madame, c'est la norme, les résidents, ils bougent pas, ils ont besoin de chaleur ». C'est l'heure des visites. Rares. Monologues sur fond de mauvaises nouvelles du monde. Des pages de quotidiens que l'on tourne, des gros titres que l'on lit à voix haute pour stimuler une maman aux yeux mi-clos. Des conciliabules entre familles. Soupirs, haussements d'épaules, regards furtifs pour repérer qui parmi le personnel est à l'écoute, laquelle mérite un rapport, une remarque, une sanction, et puis le verre d'eau que l'on porte aux lèvres qui refusent de s'ouvrir. Il faut boire, dit le protocole. Faire couler l'eau fraîche dans des gosiers asséchés, hydrater des corps secs, tellement secs que les larmes se sont taries, comme aspirées par des ventouses dans la caverne des émotions.

18 h 15. C'est l'heure des bouillies mixées. Louise, tête baissée, lèvres serrées, garde dans sa bouche une boule compacte verdâtre et serre les dents. Refus catégorique. Son corps lui appartient.

20 h 00. Les couloirs se vident. L'heure du coucher a sonné. Dans les étages, plaintes et gémissements trahissent le silence de la nuit. On se lève et se relève. Les cris s'estompent. Louise attend son tour.

« Venez, Louise, je vous emmène. Vous êtes vraiment la plus sage de tous ».

2 – Elle t'enterrera, pense a ta famille

Les Strelitzias, un EHPAD : Établissement d'Hébergement pour Personnes Âgées Dépendantes. Comme son nom l'indique, il est dédié à des personnes de plus de 60 ans en situation de perte d'autonomie et qui ne peuvent plus être maintenues à domicile. Un établissement médicalisé dans lequel les familles peuvent placer un parent qui requiert une surveillance médicale permanente.

Il y a trois ans, Danielle, une des filles de Louise a dû se résoudre à placer sa maman après concertation avec son frère et sa sœur. Diagnostiquée Alzheimer cinq ans avant son admission, Louise ne pouvait plus vivre seule. Depuis le décès de son mari, infirmières, auxiliaires de vie, amies, relations, membres de la famille se relayaient à ses côtés 24 heures sur 24. Louise n'était pas fugueuse mais passait son temps à errer dans une villa cossue sur les hauteurs de Nice. Une maison de famille, héritage de ses parents, dans laquelle elle avait toujours vécu. Ses journées étaient bien occupées : parcourir toutes les pièces, explorer les recoins des armoires, chercher quelqu'un ou quelque chose, puis s'asseoir, fermer les yeux pour absorber les rayons de soleil à toute heure, déambuler encore et s'asseoir à nouveau. Louise accueillait volontiers, et offrait son sourire à toutes les bonnes volontés qui donnaient leur énergie à la stimuler, à la maintenir active et jolie. « Elle est adorable, c'est un plaisir de venir ici ». Gratifiant, car Louise répondait avec douceur à toutes celles qui la chouchoutaient, la promenaient, la pomponnaient et lui préparaient des petits plats. Sa compagne préférée c'était Sonia qui aimait chanter et danser, car alors, c'était la fête et elle y participait avec bonheur. Incroyablement plaisant pour tous les aidants qui pleuraient quand ils devaient la quitter pour se consacrer à d'autres missions. Ce stade-là, c'était le palier modéré dans l'évolution de la maladie. Danielle osait à peine se l'avouer : sa mère était bien plus facile à gérer à ce stade qu'au moment du diagnostic, quand Louise s'entêtait, s'obstinait à refuser de l'aide. Du décès de son mari, elle semblait avoir perdu tout souvenir. Peut-être le reconnaissait-elle sur les photos, mais l'absence ne lui causait aucune émotion apparente. Elle vivait dans sa bulle, sourire aux lèvres, docile, savourant le présent.

Pourtant, Louise ne se lavait plus, oubliait de faire ses besoins, et ne s'alimentait que lorsqu'on la servait. Danielle, employée de banque, avait obtenu une journée complète de congé auprès de son employeur et consacrait ce temps à sa maman. La fille aînée de Louise venait d'avoir 50 ans. Avec un mari souvent en déplacement, et un fils de 24 ans désormais autonome, elle avait espéré aborder une nouvelle tranche de vie plus dynamique, plus sereine et joyeuse. Danielle était sportive, musicienne et cordon-bleu. Sur son agenda chargé, des concerts rayés, des journées de marathon effacées, des ateliers cuisine biffés. Elle se devait d'adapter sa vie au diapason de Louise.

Son frère Ghislain, 48 ans, comédien intermittent du spectacle, vivait au rythme de ses contrats et n'avait jamais voulu accepter la maladie de sa mère.

- C'est de la déprime, elle est murée dans l'oubli pour occulter la vérité du vieillissement, affirmait-il.

- Tu l'embrasses de ma part, hein ! Dès que je peux, je viens, disait-il avec enthousiasme.

Quant à la sœur cadette, Adèle, célibataire de 45 ans sans enfant, elle vivait en Australie, et exerçait le métier de professeur à l'Alliance Française. Elle épaulait Danielle de quelques appels compassionnels sur Skype parsemés d'optimistes GIF et Smileys. « Mes amis de Sydney, tu sais ceux qui font de la recherche disent qu'ils sont sur le point de trouver quelque chose pour soigner Alzheimer, Danielle ! C'est imminent ! »

Mais Danielle se retrouvait physiquement seule, auprès d'une maman atteinte d'une maladie déroutante et incurable. À chaque rencontre, il fallait s'ingénier à trouver des modes de communication avec cette personne qui était toujours sa mère mais dont le cerveau verrouillait liens et complicités qui s'étaient tissés depuis la vie in utero jusqu'à l'âge adulte. Il fallait apprendre à se réjouir de ce qui était encore possible et qui ne le serait plus demain. Danielle avait accepté le fait que sa mère ne le faisait pas exprès. Elle en avait piqué des crises de colère, aux premiers stades de la pathologie ! Insupportables, les oublis de ses parents l'excédaient : des rendez-vous manqués, des papiers égarés, et ce repli sur soi… Leurs amis disparaissaient de cette terre et des radars. Comment se résoudre à devenir le parent de ses parents ?

Placer Maman. Danielle avait le sentiment de porter seule la culpabilité de la décision. La laisser un soir dans un mouroir, elle qui n'avait jamais pris de vacances sans ses enfants. « Dieu nous en préserve… », disait autrefois Louise quand elle croisait des personnes dépendantes.

L'entourage de Danielle l'avait soutenue dans sa décision. Tous : amis, cousins, médecins, associations, assistantes sociales « Vous n'avez pas le choix ». « Vous ne pourrez pas continuer à gérer du personnel à domicile 24 heures sur 24 / Elle t'enterrera, pense aussi à ta famille / Là-bas, on va s'occuper d'elle, la stimuler, elle sera en sécurité / Et puis, ce sont des établissements médicalisés ».
Médicalisé. Danielle avait été sensible à cet argument : MÉDICALISÉ.

3 – UNE TENSION DE JEUNE FILLE

Mercredi, jour de visite hebdomadaire du docteur. Le médecin de l'établissement ? Non, car il n'y en a pas. Attaché à la résidence, un médecin coordonnateur passe, parfois. Disponible ? Pas toujours… Alors, maison médicalisée, pourquoi ? On y croise des infirmières débordées, des aides-soignantes affairées, des gens courageux et de bonne volonté qui craquent souvent et sont remplacés… ou pas. Une présence jour et nuit pour écouter, parler, caresser, rassurer, observer, informer, alerter. Ainsi se consolent les familles… Gérer les pathologies, c'est l'affaire du médecin traitant. Sur la Côte d'Azur, les médecins de famille ne suivent pas toujours leurs patients qui partent en résidence. Trop loin, perte de temps, au suivant.

Aujourd'hui, c'est le jour de visite du Dr Trace, médecin traitant commis d'office, habitué aux Strelitzias… Rougeaud, grisonnant, costume gris et cravate bleu clair assortie à ses yeux tombants, il décoche un sourire d'acteur vieux beau aux blouses blanches réunies dans le bocal.

« Mesdames, bonjour ».

9 h 00. Arrivée du Dr Trace dans les couloirs. Bonjour furtif aux occupants du salon. Christine, l'infirmière-chef, lui emboîte le pas, débite résultats d'analyses, pathologies et messages des familles.

9 h 05. Le Dr Trace consulte Jeannette et Ginette qui « vont bien et ont bonne mine ».

9 h 07. Le Dr Trace prend la tension d'Amélie : 13,2. 10,2. « Une tension de jeune fille ! ».

9 h 10. Le Dr Trace, sur ses gardes, muscles tendus et mains moites, ausculte Robert et prend sa tension. « Calmants à haute dose et si ça ne marche pas il faudra aller vers la psychiatrie ».

9 h 12. Le Dr Trace s'approche de Simone et renonce : elle a craché ses calmants au petit-déjeuner.

- Dégage, pourriture, lui dit-elle d'une voix rauque et angoissée.

9 h 13. Le Dr Trace ne verra pas Mme Repetto qui est hospitalisée suite à une mauvaise chute. Il renouvelle son ordonnance.

9 h 15. « Et comment va Mme Tesson ? »
« Ça va. »
Louise ne se plaint jamais.

- Alors vous faites la coquine, ou c'est pour faire la coquette sur la plage en bikini ? Christine me dit que vous ne mangez plus...

- Ben non... (Petit rire).

- Vous n'avez plus d'appétit ?

- Oui, c'est ça.

- Bon, votre tension est bonne, jeune fille, et vous avez de bonnes réserves. Christine, soignez la cuisine de Mme Tesson et faites ajouter quelques douceurs à son menu… Ah, j'oubliais, il faut beaucoup boire aussi, de l'eau bien sûr (rire satisfait).

9 h 20. Le Dr Trace introduit huit « Cartes Vitales » dans sa machine et facture les huit consultations plus huit frais de déplacement.

Tous les mois, Danielle fait un bilan avec le docteur Trace. Il répond au téléphone le mercredi de 16 h 00 à 17 h 00 pour les familles des résidents des Strelitzias. Aujourd'hui Danielle est au travail. Débordée. 16 h 30. Un client endetté, son rendez-vous n'en finit plus. « Excusez-moi, j'ai un appel urgent ». Le mistral s'est levé. En plein courant d'air, à la porte de son agence, elle va aux nouvelles de sa mère.

« Ah, bonjour Madame. Comment allez-vous ? … Oui, j'ai vu votre maman ce matin. Je l'ai trouvée en pleine forme. Elle me reconnaît maintenant. Elle m'a dit « bonjour docteur ». Bon, la maladie est là, mais elle m'a accueilli, souriante, bonjour docteur… oui… ça va bien, la tension est bonne… Voilà. Ah oui, les repas. J'ai demandé qu'on lui mixe la nourriture, oui, le risque de fausse route est réel… Ah, elle ne mange pas ? A-t-elle perdu du poids ? Vous ne savez pas ? Bon, je demanderai la semaine prochaine. Et il faudra que les infirmières veillent à ce qu'elle mange. Mais elle va bien, voilà Madame, n'hésitez pas à m'appeler, toujours le mercredi à la même heure… oui, oui ou un message à ma secrétaire, voilà Madame, en vous souhaitant une excellente journée, Madame. ».

Danielle soupire. Il y a bien longtemps que Louise ne prononce plus le nom ou le prénom de ses proches, alors, le « bonjour docteur », elle n'y croit guère. Dans sa mémoire, l'image de sa maman ronde et réjouie, dans sa bulle, sur une terrasse baignée de soleil. Terrasse occupée aujourd'hui par une famille venue de région parisienne séduite par ce lieu enchanteur. « Là encore tu n'as pas le choix, il faut vendre la maison pour payer la maison de retraite médicalisée ! ». Le médecin expert aux tutelles avait tranché également : « Certificat de non-retour au domicile : incapacité à vivre seule et à accomplir les tâches basiques de la vie quotidienne ».

4 – NE ROUGIS PAS

Jeudi. Danielle n'ira pas rendre visite à sa maman. Aujourd'hui, Louise sera très occupée. À la demande des familles, des animations conduites par des professionnels viennent apporter de la joie, un rayon de soleil dans le sombre tunnel de vieillesse.

15 h 00. La collation rassemble tout le groupe dans la grande salle. Boissons et en-cas jonchent les tables. Mme Repetto, au loin, fait entendre sa ritournelle cacophonique. Robert fronce ses épais sourcils, tourne en rond, tape du poing sur les tables. Louise ouvre l'œil, tend l'oreille. Julio, le chanteur animateur, les dents blanches parfaitement alignées, balaie d'un geste ample sa mèche de latin lover et installe clavier et micro. « Buenos Dias, c'est toujours un plaisir d'être ici avec vous ». Tous les jeudis, il anime l'aile A des Strelitzias.

  - Il a un beau sourire, dit Amélie.
  - Oui, c'est un beau garçon, répond Ginette.
  - Et il est gentil, reprend Jeannette.

Louise ne dit rien. Les yeux grands ouverts rivés sur la scène, elle se tient droite et éveillée, en extase à l'écoute des premiers sons. Robert peut toujours hurler, il ne couvrira pas la magie des chansons tant écoutées, celles que la mémoire n'effacera jamais. Julio ondule dans le cercle, chante et danse : *Les amants de Saint Jean, Mexico, Bambino, La vie en rose, La mer, et Céline*, ne rougis pas, tu as toujours, toujours de beaux yeux…. Louise la timide, qui ne voulait jamais chanter en public, qui affirmait qu'elle n'était pas musicienne, comme Céline, ne rougit pas et entonne à l'unisson les mélopées d'antan. Quand Julio coupe le son, c'est un chœur de voix éraillées et fluettes qui prend le relais des artistes. Les résidents plus fatigués battent le rythme d'un seul doigt, ouvrent un œil pétillant, frottent le sol de leurs pieds cornés. Ginette, Louise et Amélie, debout, se balancent sur la plus moderne des chansons, *Les démons de minuit*. Soignants et patients battent des mains, et Christine, l'infirmière cadre, entre dans la danse. Moment plaisir de la journée. Temps infime de bonheur dans un océan de tristesse.

5 – Fermer les yeux un soir

Vendredi. Le jour que Danielle consacre à sa maman. Des jours attendus, redoutés, épuisants, attendrissants, désespérants. Avant l'épreuve, elle se défoule, « il le faut, pour tenir » : jogging, piscine et sauna. Elle a réservé un déjeuner aux Strelitzias pour partager la table de Louise, l'observer pendant les repas, la stimuler. Être là, près d'elle, simplement.

Quand elle arrive à 11 h 30, le déjeuner a déjà commencé. Dans l'ascenseur, l'odeur prégnante et les cris de pensionnaires lui donnent des haut-le-cœur. Une furieuse envie de faire demi-tour. Louise est déjà à table, la tête tombante, les yeux mi-clos. Christine à ses côtés, l'encourage d'une voix à la fois douce et ferme.

« Mme Tesson, c'est un délicieux repas de spécialités provençales aujourd'hui. Vous en faisiez, vous des farcis niçois ? Ou peut-être un peu de tapenade pour commencer ? Elle est faite maison aussi, dans nos cuisines, vous savez, par Mathilde, la cuisinière à la grande toque blanche ».

Rien n'y fait aujourd'hui. Louise n'a plus le cœur à rire, ni à sourire malgré l'arrivée de Danielle.
« Ah, Mme Tesson, voici votre fille, je vous laisse partager ce repas avec elle ».

Les farcis provençaux sont onctueux, riches en aromates et… non mixés pour Danielle. C'est l'estomac noué qu'elle porte la fourchette à sa bouche, qu'elle feint l'appétit pour en donner à Louise. « Maman, une courgette du potager, tu ouvres la bouche ? » Le monde à l'envers, faire manger ses parents, comme s'ils étaient des bébés… La cuisinière est parfaite, tous les produits utilisés savoureux. Mais sa mère boude, le regard vide, perdu dans le lointain, les lèvres scellées d'entêtement. Louise est dans son monde, hermétique aux sollicitations. En une semaine, son état de santé semble s'être dégradé. Le mental comme le physique. Danielle repousse le clafoutis aux cerises charnues. « Christine, je peux vous parler ? ».

« Effectivement, même s'il n'y a pas eu d'événement ou de contrariété apparente, je trouve aussi que votre maman ne va pas très bien. La maladie avance bien sûr, mais on se rend compte qu'elle ne prend plus plaisir à se nourrir. Outre le fait que ses dents sont abîmées et qu'elle éprouve quelques difficultés à déglutir, nous pensons qu'elle souffre de troubles digestifs et qu'elle est souvent dans un état nauséeux qui va parfois jusqu'au vomissement. Son corps refuse d'ingérer ce qui va la rendre malade. Cette mémoire, elle l'a toujours. Son organisme rejette les médicaments qu'on lui prescrit. Le médecin traitant pense qu'il faut poursuivre la médication, et il a sûrement raison. Mais ici, nous nous rendons compte des limites des traitements actuels. En revanche, nous mesurons l'importance des effets secondaires, et pour votre maman ils sont importants. Mais nous ne pouvons rien faire sans avis médical. Parlez-en au docteur… ».

Danielle, les yeux ternis, regagne sa place. Sa mère somnole devant la télévision. Elle lui prend la main, doucement. Louise ne réagit à rien. Même pas aux larmes de sa fille… Quand ses enfants étaient jeunes et revenaient de l'école ou du lycée, Louise savait par intuition si la journée s'était bien passée. Mais Louise est malade, prisonnière dans une camisole d'indifférence.

La littérature sur la maladie d'Alzheimer est abondante. Danielle l'avait abondamment consultée au moment du diagnostic. Les trois enfants avaient alors réussi à se réunir et à échanger en présence du médecin. Chaque membre de la famille avait obtenu une information détaillée sur les différentes phases. Danielle sait que Louise n'est pas encore en phase terminale mais le refus de s'alimenter est prémonitoire des fins de vie atroces que les patients les plus accrochés à l'existence subissent. Aux Strelitzias, on croise des moribonds perfusés, sondés, alimentés malgré eux, bouche ouverte, yeux fermés. Danielle ne peut s'empêcher de penser : « Maman, si tu devais finir comme cela, je suis sûre que tu souhaiterais fermer les yeux un soir et ne plus te réveiller. »

6 – INVITES SURPRISE

Les sombres pensées de Danielle sont interrompues par une arrivée bruyante, des aboiements, puis les vociférations de Robert « Sales bêtes ! Couchés ! Au pied ! ». Les visiteurs ne se formalisent pas de cet accueil peu courtois. Les aides-soignantes se démènent pour créer un cercle de bienvenue autour d'un trentenaire au regard bleu lavande accompagné de deux toutous déchaînés. « Bonjour, je m'appelle John et je suis le maître de Fresco et Clara. Mes chiens, comme tous les goldens retrievers, sont joueurs, alors Messieurs Dames, amusez-vous ! » Les acteurs connaissent leur numéro et parcourent le cercle. Un coup de langue affectueux aux spectateurs, un câlin, des jappements satisfaits. Fresco a le pelage blanc et crème, alors que sa sœur est presque entièrement dorée, un honneur au nom donné à leur race. La sieste est terminée, que le spectacle commence ! Les résidents n'en perdent pas une miette. Amélie raconte à ses amies les moments passés avec Brembo, son berger allemand. Les yeux de Simone s'adoucissent au toucher de la robe d'or de Clara. Louise se lève pour câliner Fresco, éclate de rire. « Il a le museau tout mouillé ! »

Les douces peluches ne tiennent plus en place. John organise un jeu avec une balle, chacun son tour. Mme Repetto, qui est revenue en salle pour l'occasion, se tait. Un léger sourire se dessine sur ses lèvres quand la balle s'échappe et roule vers la cuisine, poursuivie par les deux amis à quatre pattes. Éclats de rire : Christine vient de proposer à l'assemblée de partager le goûter avec les invités.

Danielle observe bouche bée sa mère, tout sourire, qui mange sa compote de bon appétit et avale un jus d'orange sans se faire prier. Ginette, de sa voix chevrotante, s'entretient avec John sur l'éducation de ces chiens si bien élevés. « Vous êtes un gentil maître, alors ce sont des gentils chiens. Et intelligents… ». Jeannette qui adore les bêtes, demande au gentil maître s'il va revenir demain… « Ah non, vendredi prochain, c'est vrai, vous revenez tous les vendredis. Vous nous l'avez déjà dit, mais vous savez, à nos âges on oublie ! ».
Une atmosphère légère et détendue accompagne la collation de 15 h 00 ce vendredi.
Christine explique aux familles l'effet apaisant de l'atelier de zoothérapie. C'est une animation à l'essai qu'elle a proposée à la direction et constate que les résidents ressentent un bien-être immédiat à l'issue des séances. Les animaux suscitent affection et émotion. Les résidents retrouvent gaîté et joie de vivre, le temps d'un goûter.

Ce soir, Danielle repart, sonnée, mais apaisée. Elle gardera de cette journée la sensation procurée par cet espace de plaisir, de sourire et de détente. Elle veut parler à son frère, à sa sœur. Elle veut dire qu'elle a vu des grabataires s'éveiller à la vie, des déments rire et applaudir, des vieillards mutiques poser des questions, et surtout qu'elle a vu Maman se remettre à manger, s'intéresser, s'accroupir le temps d'une caresse. Elle veut leur dire qu'il doit y avoir des remèdes à cette maladie. Les souvenirs ne sont pas effacés, les sentiments et les sensations demeurent, elle en est convaincue. Si seulement il y avait un moyen de rétablir les connexions figées dans le marbre des cerveaux atteints ? Ouvrir les tiroirs de la mémoire, y démêler souvenirs et secrets et tout remettre en place ?

7 - DEMENCES

19 h 30. Marie commence son service de nuit. Elle est de garde tout le week-end. Deux nuits consécutives ne l'effraient guère habituellement. Mais cette fois, ça tombe mal, vraiment. Ses jumeaux sont malades et son mari, infirmier urgentiste à l'hôpital de Grasse a été appelé pour pallier un manque de personnel imprévu. Elle a dû solliciter en dépannage son acariâtre belle-mère au chevet des petits. Marie s'est excusée de lui faire rater la soirée du Club de bridge ainsi que la randonnée du week-end à laquelle elle ne pourra pas participer car le départ était prévu à 6 h 00 Elle lui a promis de faire de son mieux pour trouver une baby-sitter la nuit suivante.

Les résidents sont bien calmes. « Merci, l'atelier de médiation animale » se dit-elle. « Maintenant, le coucher. Le protocole est rodé, il suffit de l'enclencher ». Elle connaît bien les patients et sait qui doit être accompagné en premier, qui va rechigner à se déshabiller, qui demandera plusieurs fois les toilettes pour ne pas rester seul. Marie se sent ce soir moins patiente que d'habitude. Elle n'a pas le cœur à plaisanter, à adoucir le timbre de sa voix pour échanger avec les pensionnaires. Elle jette un œil agacé à son portable personnel. Bip, bip ! La belle-mère est excédée avec les jumeaux qui, malgré la fièvre, font les quatre cents coups. Surtout ne pas répondre. Seule à l'étage, Marie se doit d'être concentrée et attentive. Louise attend patiemment son heure, un petit sourire en coin. Marie éprouve de la tendresse pour cette dame à la fois douce et espiègle qui lui rappelle sa grand-mère. Elle espère profiter de ce petit moment de complicité avant de rappeler sa famille.

À peine engagées dans le couloir mauve, Marie et Louise s'arrêtent et prêtent l'oreille. Robert, dans la chambre voisine, tempête et vocifère. Marie n'intervient que la nuit et n'a pas l'habitude de l'entendre car le traitement comprend de fortes doses de calmants distribuées pendant le dîner. Ce soir pourtant, il semble survolté.

« Messieurs, c'est un scandale. Il n'est pas l'heure de dormir, la réunion est finie et tous les copropriétaires sont rentrés chez eux, moi, vous m'enfermez ici, je veux le code de la porte et exige qu'on me fasse sortir, sinon je vous mets mon poing dans la gueule, surtout que vous m'avez déjà volé les bijoux de ma femme, une salope, mais vous n'avez pas à me dérober mes bijoux, alors déjà que la réunion c'était de la merde, autant aller baiser ma femme, et il faut que je sorte de ce trou, vous n'allez pas vous en tirer comme ça ».

Robert émerge de sa chambre, rouge et à moitié dévêtu.

- Louise, ne bougez pas… M. Savatier, il est heure de dormir, vous avez dû faire un cauchemar, je vous raccompagne, lui intime Marie d'une voix douce mais ferme.

- Toi, la pétasse, dégage, répond Robert, joignant le geste à la parole.

- M. Savatier, vous êtes dans une résidence et vous devez respecter le règlement. Faites silence et venez vous coucher, ordonne-t-elle, fâchée en le prenant par le bras.

Louise, figée et tremblante, est pâle comme un linge. Marie, le cœur battant de colère hausse le ton. Robert arpente les couloirs, ouvre les portes avec fracas, fulmine. Il retourne dans la salle commune, renverse les tables. Ici et là, des petites voix chevrotantes. « Pourquoi il crie comme ça », « c'est l'heure de se lever ? ». Marie actionne son talkie-walkie pour demander de l'aide à Sophie, sa collègue. Silence au rez-de-chaussée. Il faut dire qu'en bas, elle a fort à faire avec une vingtaine de patients pour elle seule. Que faire ? Laisser Louise pour appuyer sur le bouton urgence ? Non. Marie s'empare de son portable et appelle le service du bâtiment voisin à la rescousse. C'est à ce moment que Simone, le visage déformé par la rage d'être réveillée, se joint à Robert dans une entreprise de folie destructrice. Les plantes vertes sont arrachées, les photos déchirées et réduites en morceaux, les ampoules brisées. Enfin, la collègue de l'aile voisine accourt, parvient à maîtriser Simone tandis que Marie explique la situation aux sauveteurs de l'aile C. Sans voir Robert fendre l'espace avec furie et bousculer Louise qui tombe, gît au sol, un filet de sang sur le crâne.

Les sirènes hurlantes du Samu déchirent le silence de la nuit étoilée. Des blouses blanches arrivent en renfort à l'étage et emportent Louise inconsciente.

8 - PHASE TERMINALE

Samedi matin, 7 h 00, Danielle s'éveille, un peu groggy. Elle a beaucoup tourné dans son lit, en se remémorant l'après-midi. Perplexe, émerveillée et interrogative. Pourquoi de tels écarts dans la conscience des malades ? Comment peuvent-ils réagir dans l'instant aux stimulations sensorielles ? Eux qui passent leurs journées prostrés, livides et insensibles ?

Comme tous les samedis matin, elle prend son temps, s'étire et se prépare un thé vert et un petit-déjeuner léger. Son époux ne rentrera qu'en soirée, elle peut traîner un peu. Elle s'étire, pratique des exercices de yoga, et s'offre une douche tonifiante.

Une lumière clignotante sur son portable. Un message. Le numéro n'est pas enregistré, pas d'inquiétude. Danielle se plonge fébrilement dans le polar haletant entamé la veille, impatiente d'en connaître la chute… Un instant pour soi… Une histoire loin de son histoire…

Deuxième message. Son cœur se met à battre la chamade. Peignoir de bain enfilé, doigts tremblants sur le Smartphone. Un appel vocal. « Mme Tesson-Durand, l'hôpital de Nice. Votre maman, Louise Tesson, a été hospitalisée cette nuit en urgence suite à une chute dans sa résidence. Elle a été transportée par le Samu vers 21 h 30 hier soir. Elle est en traumatologie. Rassurez-vous, son pronostic vital n'est pas engagé. » Angoissée et agacée par la sonnerie de ligne occupée, Danielle tente de joindre quelqu'un aux Strelitzias. « Oui Danielle, c'est Christine. Écoutez, je viens d'arriver, je sais qu'il y a eu des violences entre résidents, que votre maman a été conduite à l'hôpital, mais je n'en sais pas plus. Je me renseigne et je vous rappelle ».

Pas le temps d'attendre. Pas le temps de décommander ses rendez-vous, pas une minute, Danielle saute dans son jean et s'élance sur la route tortueuse qui la mène vers l'hôpital. Les touristes matinaux sont déjà en chemin vers les plages, elle les maudit. « Zut, une priorité, oh puis tant pis » Sur un passage piétons, des randonneurs furieux. « Eh fada, t'as pas vu le - céder le passage - ? »

Pour les visites à l'hôpital c'est l'après-midi. C'est tout. Explications à l'accueil, personnel occupé, chambres inaccessibles. « C'est l'heure des soins, mais montez dans le service au quatrième étage, vous parlerez à l'interne ».

« Votre maman est hors de danger. Elle a beaucoup saigné mais n'a pas de traumatisme crânien. En revanche, elle ne se lève plus, elle ne parle plus, ne mange plus. C'est peut-être le choc, mais compte tenu de son dossier, nous pensons qu'elle est en phase terminale de la maladie d'Alzheimer et qu'il serait peut-être prudent qu'elle reste hospitalisée plutôt que de réintégrer son établissement, où elle risque de tomber encore. Vous pourrez la voir en fin de matinée. Donnons-nous quelques jours et on fera le point avec l'équipe. On vous tient au courant ».

Danielle est affalée sur une chaise. Fracassée. Plus aucun son ne sort de sa bouche. L'eau fraîche proposée par l'interne reste coincée au niveau de la luette. Phase terminale… Maman qui hier souriait avec douceur aux petits chiens et qui mangeait presque seule, en phase terminale ? Un choc peut-il conduire au stade ultime de la maladie ? Des blouses blanches défilent à pas pressés, des brancards se faufilent dans la foule des malades et des proches. Des portes claquent, une odeur de café réconforte les sens, et des sandales traînent angoisse et désespoir sur les dalles collantes de détergent. La tête de

Danielle est au bord de l'implosion : battement de tempes, oreilles qui sifflent et vue floutée.

Il faut bouger. Dans un effort surhumain, elle quitte les lieux. Direction le siège arrière de sa voiture en attendant d'être autorisée à voir Louise. En fin de matinée, peut-être.

9 – JE VEUX RENTRER

12 h 00. Danielle patiente depuis un bon moment déjà devant le bureau des infirmiers.

- C'est pour quoi ?
- Je viens voir ma mère, Mme Louise Tesson.
- Patientez je me renseigne.

Le temps passe. L'infirmière ne revient pas.

- Madame, en quoi puis-je vous aider ?
- Je viens voir ma mère, Mme Louise Tesson qui a été admise aux urgences hier soir.
- Elle est encore aux urgences, la chambre 503 qu'elle doit occuper vient de se libérer. On ne va pas tarder à la monter. Patientez devant la chambre 503 ou revenez dans une heure.

Danielle préfère patienter. Le parking, la cafétéria, elle les connaît par cœur. Au moins, elle sera sur place dès que Louise arrivera. Elle se sent vidée, sans énergie, ni pour angoisser, ni pour penser. Depuis le diagnostic, elle s'est fait une raison. Concernant la santé de sa mère, il n'y aura jamais de vraie bonne nouvelle. Elle a suffisamment entendu qu'il s'agissait d'une maladie dégénérative et incurable. Sa seule préoccupation est qu'elle ne souffre pas, qu'elle reste dans son monde et s'en aille paisiblement. C'est ce qu'elle veut dire au médecin, si elle réussit à lui parler. « Dois-je prévenir Ghislain et Adèle ? À quoi bon ? » Un SMS à Thierry, son époux, suivi d'un rapide retour : « Courage ». Dans le couloir, des familles aux traits tirés se hasardent dans la chambre de leurs proches, à pas feutrés. Danielle croise les regards anxieux de ceux qui comme elle, attendent des nouvelles. Des soignants aux yeux battus réitèrent sourires impuissants et paroles apaisantes. Plus de deux heures passent.

Il est presque 16 h 00. Clic-clic-clic-clic. Blafarde, le regard vide et perdu, voici Louise, en fauteuil roulant poussé par deux aides-soignants.

« Bonjour Madame, vous êtes la fille de Mme Tesson ? Vous lui ressemblez. Hier soir, on pensait la garder aux urgences, mais actuellement elle est hors de danger. On lui a fait dix points de suture au crâne et elle présente des contusions sur le bras et la jambe droite, à cause de la chute. Elle ne nous parle pas et n'a pas voulu boire, elle va garder sa perfusion pour l'instant. Elle est probablement en état de choc. Nous allons la placer en traumatologie en observation et demain si tout va bien, elle sera transférée en neurologie pour être vue par le chef de service, le Professeur Fontenoy ».

Danielle accompagne sa mère. Louise se laisse rouler, porter jusqu'à son lit, telle une poupée de chiffon désarticulée. Elle ne prête aucune attention, ni à sa fille qui lui tient la main, ni à sa voisine de chambre, une femme centenaire souriante, couchée sur le côté et en recherche de conversation. Une fois les aides-soignants partis, Danielle susurre à l'oreille de Louise : « Hier, tu te souviens, les petits chiens, les petites peluches, tu les as caressées. On a bien ri, avec John, le maître des toutous, il était sympa, hein ? On y retourne bientôt toutes les deux, qu'est-ce que tu en penses ? Puis on pourra chanter aussi, avec Julio, vendredi prochain, tu es d'accord pour retourner à la campagne, aux Strelitzias ? ».

Louise tourne la tête, triste, impassible, comme si elle voulait fermer les yeux pour toujours. Danielle se propose de rester pour lui donner une collation. Non. Le regard fixe, la mâchoire crispée, Louise refuse d'ouvrir la bouche. Ruses, chansons, poèmes, blagues et arguments, rien n'y fait. Danielle décide de laisser sa mère se reposer, compte sur la perfusion pour la maintenir en vie. La jeune femme résignée embrasse sa maman, un seul souhait en tête : retourner s'allonger, dans le monde des vivants.

- Reste.

Louise, malgré sa faiblesse, serre fort la main de sa fille. Une poigne aimante, décidée.

- Maman, je croyais que tu dormais.

- Je veux rentrer à la maison, j'ai pas fait la poussière sur la bibliothèque. Adèle est rentrée de l'école ? Elle doit nous attendre, on y va ?

C'est la première fois depuis son entrée en EHPAD que Louise évoque le passé.

« La bonne nouvelle c'est qu'elle n'a pas perdu l'usage de la parole, la mauvaise c'est qu'elle a conscience de ce qu'elle a perdu. La future bonne nouvelle, c'est que demain elle aura oublié ses regrets… », pense Danielle épuisée.

10 – Maman sort demain.

« Maman sort demain. Ouf. »
« Heureux pour vous. Repose-toi ma chérie. Je t'aime. Thierry. »

« Mamie sort demain. »
« Cool. Costaude ma mamie. Bizz. Marco »

« Maman sort demain. Ouf. »
« OK. Tu la ramènes chez toi ? »
« M'enfin, non aux Strelitzias ! »
« Pff… Bizz. Ghislain »

« Maman sort demain. Ouf. »
« Tant mieux, je t'appelle ce soir 20 h 00 heure française sur Whatsapp. Courage grande sœur. Adèle. »

Louise disait toujours à ses enfants : « C'est important la famille, les amis c'est bien, mais en cas de coup dur, la famille sera toujours là. » Elle est là, ma famille, ils répondent tous par retour de texto. Heureux, encourageants, impatients, compatissants : « Courage, essaie de dormir Danielle, prends quelques jours d'arrêt, tiens bon, tu as pensé au yoga ? »
« Non, ma famille, je n'ai pas eu le temps de penser, ni au yoga, ni à prendre des jours d'arrêt, je suis incapable de penser. J'ai digéré l'urgence, j'ai géré le choc de l'état de choc de maman, j'ai veillé son état comateux, j'ai sursauté à ses éclairs de lucidité et je ne me suis pas effondrée. »

« Maman sort demain. Vous êtes rassurés, pas besoin de chambouler vos plans mes chéris, maman va rentrer dans son EHPAD, elle va retrouver ses bouillies mixées, ses gentilles infirmières, ses petits instants de bonheur ; elle va rencontrer sa psychologue qui évoquera la nuit de l'agression, le souvenir de cette violence qui ne se reproduira plus car les patients coupables ont été dirigés vers des structures plus adaptées. Maman mettra des mots, si elle le peut sur cet événement traumatique et on n'en parlera plus. Votre gentille sœur Danielle viendra tous les vendredis et donnera quelques nouvelles. Et vous lui répondrez par retour de texto, des émoticônes compatissantes, rieuses parfois, et vous lui répondrez, car vous êtes sa famille. »

Danielle prend le volant, peu rassurée sur son propre état. Un coup d'œil dans le rétroviseur, et elle croit voir sa mère. « Vous lui ressemblez ». C'est tellement vrai, aujourd'hui, pense Danielle. La bouche sèche et les jambes molles, elle fixe des points droit devant elle, au bord du vertige. La fatigue, sûrement… Comme si la maladie de sa maman était contagieuse, elle peine à restituer des bribes de son entretien avec le Dr Fontenoy, responsable du service neurologie de l'hôpital. Danielle ne sait plus si elle en train de perdre ses facultés d'analyse, elle aussi. Elle vient de rencontrer un éminent spécialiste et son esprit est au comble de la confusion. « Réfléchissez, parlez-en à vos frères et sœurs ».

Comment réfléchir seule et épuisée ? Bouleversée, ses certitudes ébranlées par le diagnostic du professeur, elle atteint son domicile, soulagée, actionne la télécommande du portail. Dans l'obscurité du garage, une femme au bout du rouleau se laisse aller à un sommeil réparateur.

Diling diling diling. Un signal sonore, un écran bleu tarabiscoté, Skype, Adèle, Sydney. Il est une heure du matin, heure de Paris. Adèle est en ligne. Il est temps d'aller la rejoindre pour tout lui raconter.

11 - Repose-toi

- Salut, grande sœur ! dit une Adèle enjouée et bronzée sur un écran vacillant.
- Salut ma chérie, tu vas bien ?
- Ouaip, cool, il fait super beau ici et je vais bien surtout depuis la bonne nouvelle. Alors, elle va bien maman si elle sort demain ?
- Oui c'est une bonne nouvelle, ça aurait pu être bien pire. Je l'ai retrouvée avec des gros hématomes, une blessure au crâne et très choquée, alors vu son état et son âge, les internes étaient plus que pessimistes. Oui, c'est un gros soulagement, et c'est bien qu'elle puisse rentrer. Mais, Adèle, il y a autre chose, il faut qu'on parle, qu'on se voie avec Ghislain. Tu n'aurais pas la possibilité de rentrer dans les semaines qui viennent ?
- Mais quoi Danielle, dis-moi tout de suite, c'est grave, il y a autre chose, tu peux pas me dire tout de suite ? Tu sais, rentrer d'Australie, ce n'est pas une mince affaire !
- C'est compliqué, j'ai vu le médecin neurologue, il a gardé maman en observation, il m'a expliqué qu'elle avait une très bonne forme physique, qu'elle s'était remise de manière exceptionnelle, mais que pour sa mémoire et ses capacités cognitives, il y avait des hauts et des bas et que dans ses éclairs de lucidité il y avait des éléments tellement surprenants, qu'il y avait quelque chose à tenter…
- Dan, t'es tombée sur un illuminé ou quoi ?

- Arrête ça Adèle. T'es tombée, tu veux dire nous, c'est ta mère aussi… non, laisse-moi terminer, ce n'est pas un illuminé, il m'a parlé d'un nouveau traitement que maman pourrait essayer et il faut qu'on donne notre accord.

- Il me semble que ça fait trois fois qu'elle change de traitement et on ne nous demande jamais notre avis.

- C'est différent cette fois-ci, c'est un protocole, un essai clinique et il comporte des risques, ils recherchent des volontaires, et moi, Adèle, je ne peux plus gérer toute seule et il faut notre unanimité dans la décision, et le Dr Fontenoy veut réunir tout un groupe de médecins et nous rencontrer avec l'équipe médicale de l'Ehpad. Mais si toi tu es à Sydney, et si Ghislain refuse de venir, je rends mon tablier… trop lourd pour moi à gérer, tu comprends ?

- Il peut pas me l'écrire, ce qu'il veut faire ton toubib ? J'ai quelques potes chercheurs sur les maladies du cerveau, je pourrais les consulter et te donner mon avis… Et après, on peut faire un Zoom en visio tous ensemble !

- Occupé comme il est, je doute qu'il accepte de me mettre tout ça par écrit, mais après tout, les enjeux sont énormes… Oui, je vais lui demander et ça me permettra de mieux comprendre moi aussi, et de me renseigner. Mais franchement Adèle, en dehors de tout ça, je ne te jette pas la pierre, tu as ta vie là-bas, mais je ne vais pas tenir longtemps comme ça. Parles-en aussi avec Ghislain, s'il y a une décision à prendre, ce sera pas que sur le papier, il faut que vous la voyiez, maman, régulièrement, pour comprendre et surtout s'il faut trancher…

- Bon, demande le compte rendu écrit et on en reparle et surtout, repose-toi.

Repose-toi… Danielle raccroche avec un soupir, mélange d'exaspération et soulagement. Soulagement d'avoir restitué tant bien que mal l'entretien avec le neurologue, et de savoir que sa sœur, même à distance, partage la réflexion qu'il va falloir mener…

12 – « CHOISIR DE NE PLUS ETRE, TOUT EN ETANT. »

Salut frangine !

Je suis sur un tournage et ne peux t'appeler pour discuter longuement.

J'ai quand même passé une nuit blanche à cogiter ce que tu m'as écrit. Quand le rendez-vous sera pris avec ton Professeur, j'essaierai de venir bien sûr, mais tu sais, dans ce métier, tout peut changer du jour au lendemain. Je m'en veux parfois de ne pas te filer un coup de main, mais c'est trop chaud en ce moment.

Je ne sais pas ce qu'il va te proposer, ton toubib, mais moi, ça me terrorise de voir maman empoisonnée par toutes ces drogues qui ne servent à rien.

Tu m'as toujours pris pour un marginal contre la médecine, contre les vaccins, contre tout. Mais si j'ai passé une nuit blanche, c'est aussi parce que j'ai lu le bouquin du Dr Rubinstein, pas un allumé, pas un charlatan, une neurologue en activité qui consulte, écrit et cause dans les conférences. Tu devrais le lire. Il s'agit de « La vérité sur la maladie d'Alzheimer ».

Pour résumer, il explique que cette maladie, c'est un phénomène de civilisation, créé par des générations qui refusent de vieillir. L'angoisse de la mort est telle, que plutôt que de se voir vieillir, les personnes choisissent inconsciemment de sombrer dans la démence. Je te cite juste une phrase qui m'a marqué : « Aussi choisissent-ils de ne plus être tout en étant ».

J'ai été bluffé par ce bouquin vraiment, car tu le sais, cela a toujours été ma conviction profonde, bien que je n'aie pas étudié la médecine. Lis-le, s'il te plaît et on en reparle.

Pour Maman, c'est sûrement trop tard, on va pas l'emmener chez le psy pour la libérer de cette angoisse de la mort, mais dans ce bouquin, il y a aussi une réflexion sur une philosophie de vie, cette vie qu'il faut croquer à pleines dents, à grands éclats de rire, avec des fêtes en famille, avec les potes, sans s'observer dans le miroir à se désespérer sur ses rides et ses cheveux blancs.

Maman adorait la vie, elle aimait recevoir, rencontrer des gens, faire la fête. Pas facile, je le reconnais, avec la maladie de Papa, mais après le décès, on a raté le coche. On aurait dû lui mettre des coups de pied aux fesses à Maman pour qu'elle sorte, qu'elle voie du monde, qu'elle s'amuse, qu'elle continue à bouger, à s'intéresser, à rire.

Cette façon de voir la vie, il faut qu'on l'intègre, pour nous, pour nos enfants, même si je n'en ai pas encore.

Et pour Maman, je suis moins proche que toi, donc s'il y a un protocole raisonnable je ne m'opposerai pas.

L'EHPAD c'est pas drôle, l'hôpital encore moins. Le meilleur protocole pour maman, ce serait de lui donner des espaces de rire, de chansons et de fête. Oui, je sais, ça se fait à l'EHPAD et ils ne peuvent pas faire mieux. Si à cause du protocole, elle doit subir piqûres, IRM, ponctions lombaires, scintigraphies et j'en passe, pour peut-être n'avaler qu'un placebo, j'espère que tu seras assez raisonnable pour refuser.

Je t'entends penser à distance, frangine. Je ne suis qu'un égoïste qui donne de beaux conseils et qui ne vient pas mettre la main à la pâte. Je dois t'avouer que le bouquin de Rubinstein m'a fait réfléchir. Ma seule et unique visite à l'EHPAD m'a noué les tripes. Voir tous ces déments, ces vieillards sans âme, m'a fichu la frousse. La frousse de vieillir, de perdre mes repères et mon intelligence. Ce jour-là, j'ai perdu mon insouciance. J'ai tout fait pour oublier ce moment en gardant de la distance. Tout en me disant que si j'étais fils unique… Et c'est toujours égoïstement que je me dis : Alors, si je supporte pas l'idée de vieillir, je serai peut-être Alzheimer un jour moi aussi ?

Je t'embrasse.
Ghislain.

PS : Merci pour tout ce que tu fais pour Maman (et pour moi)

13 – RESILIENCE

Aux Strelitzias aujourd'hui, règne une atmosphère peu ordinaire. Du personnel et des animateurs ont été recrutés en renfort pour la journée. Depuis l'incident survenu de nuit qui a entraîné l'hospitalisation de Louise, une cellule de crise a ordonné le recrutement de personnel supplémentaire. Toute l'équipe des cadres et d'infirmiers permanents est réunie dans le bureau de M. Morandini, le directeur de l'établissement. Le Professeur Fontenoy, neurologue diplômé de l'Université de Médecine de Paris et chef de service à l'hôpital de Grasse, a souhaité la présence du plus grand nombre pour évoquer le cas de Mme Louise Tesson.

Danielle vient d'arriver, avec Louise qui traîne les pieds. Ghislain s'est désisté, sous prétexte d'un tournage imprévu qui va lui rapporter un gros cachet, et Adèle n'a pas réussi à obtenir de congés auprès de son directeur à l'Alliance Française de Sydney. Trop de décalage pour imaginer une réunion en visioconférence. Le spécialiste a donc décidé en accord avec la direction de l'EHPAD et de Danielle de maintenir la réunion qui sera enregistrée du début à la fin, afin que les absents puissent accéder à l'intégralité de la discussion et partager leurs avis ultérieurement.

« Messieurs, Mesdames, bonjour. Certains d'entre vous me connaissent puisque je viens une fois par an dans les EHPAD du département faire un point sur les nouveaux médicaments destinés à améliorer la vie des patients atteints de maladies neuro dégénératives.

Ce qui m'amène à intervenir aujourd'hui, avec quelques mois d'avance, est notre réflexion — je dis notre, car je travaille avec mes confrères spécialistes de par le monde — au sujet de patients qui comme Mme Louise Tesson, présentent un comportement atypique dans la maladie, à savoir des moments de lucidité durables, assortis de manifestations de sentiments - larmes, éclats de rire, expression de volontés logiques et argumentées -, phénomènes peu probables quand les patients en sont à un stade avancé de la maladie, ce qui est le cas de la patiente ici présente. »

Louise lève la tête à l'écoute de son nom, esquisse un sourire, entre-ouvre les lèvres et replonge dans le silence.

« Il apparaît également, que lorsque ce type de patient tombe, subit un choc physique ou psychique, il voit ses facultés motrices et cognitives diminuer de façon brutale.

Mme Tesson, diagnostiquée malade d'Alzheimer, stade avancé, a subi un choc immense dans votre établissement il y a une quinzaine de jours. En observation à l'hôpital, suite aux remarques de sa fille, nous avons constaté chez elle une sensibilité exceptionnelle aux stimulations sensorielles. Je me propose de retracer pour vous le dossier santé de Mme Tesson depuis son entrée ici aux Strelitzias, et d'argumenter les raisons qui me mènent à proposer un nouveau traitement à votre mère et patiente.

Mme Tesson a donc été admise aux Strelitzias il y a trois ans, à la demande de sa famille et sur conseils de son médecin traitant, décision soutenue par le médecin psychiatre expert. En effet, le maintien de Mme Tesson à son domicile était devenu impossible sans la présence de personnel 24 heures sur 24. L'examen approfondi, réalisé à son entrée en établissement médicalisé, décelait des difficultés accrues à effectuer les tâches de la vie quotidienne, telles que la préparation d'un repas simple, la toilette et les courses. On observait de nombreux oublis d'événements récents, l'altération des capacités cognitives de base comme la lecture et le calcul. D'un point de vue comportemental, Mme Tesson s'est toujours montrée docile et elle a accepté en apparence la vie en collectivité. Désorientée, elle l'était à son arrivée, mais n'a pas montré de tendance fugueuse. Elle était capable de s'alimenter seule à table, de s'habiller et se déshabiller partiellement. Elle prenait plaisir à recevoir sa famille, et le montrait. Les départs étaient difficiles, les membres de sa famille obligés de ruser pour quitter l'établissement. Je lis, dans votre rapport, M. Morandini, qu'elle ne montrait aucun intérêt pour les animations basées sur la connaissance, comme les jeux questions-réponses, mais qu'elle participait volontiers aux jeux de balles, et surtout aux animations musicales. Vous m'interrompez si je me trompe… »

Louise, le regard fixe, ne quitte pas le mur des yeux, en apparence indifférente au discours du neurologue.

« Elle a donc été traitée dans la continuité des prescriptions de son généraliste, avec la combinaison de médicaments sur le marché adaptés à ce stade modéré de la maladie, supplémenté par les somnifères et anxiolytiques donnés par l'équipe de nuit. Elle a développé des effets secondaires à ces traitements : nausées, perte d'appétit, vertiges et prostration. »

Danielle prend un air excédé face à un directeur qui lui avait affirmé que sa mère ne prenait aucun somnifère, remède qu'il disait inadapté au comportement apathique de la patiente.

« Depuis trois ans, Mme Tesson a certes avancé dans la maladie. Elle se déplace beaucoup plus difficilement, reste des heures sur un fauteuil sans chercher à communiquer, reconnaît toujours les membres de sa famille mais elle semble plus indifférente. Elle ne mange plus seule de façon continue, et a besoin d'aide pour s'habiller et se déshabiller. Elle est incontinente et présente des difficultés à la déglutition. Je rappelle que tous ses repas sont mixés depuis maintenant deux ans, l'équipe soignante ayant fait part d'un risque de fausse route. Cette symptomatologie correspond à un stade avancé de la maladie. Je lis ici, M. Morandini, un rapport du Dr Trace, qui fait état d'une réticence de sa fille aux nouveaux traitements proposés et que de fait, Mme Tesson ne prend plus qu'un seul de ces médicaments. »

« Oui, mon frère, ma sœur et moi-même pensions que les médicaments détraquaient maman au lieu de la soulager » intervient Danielle rougissante.

« Argument recevable, Madame », dit le Dr Fontenoy, en balayant l'assistance d'un regard bienveillant.

« L'inutilité des médicaments prescrits dans le cadre des maladies neuro dégénératives est maintenant reconnue, ce qui explique le déremboursement partiel de certains d'entre eux. Revenons au cas très particulier de Mme Tesson. Cette dernière fait partie d'une catégorie de patients dont le physique se maintient relativement bien. À 83 ans, Mme Tesson présente une forme physique qui correspond à des sujets de 70 – 75 ans. Quand le physique se dégrade, c'est parce que le cerveau fait obstacle. Quand Mme Tesson répond bien aux stimulations émotives, vous avez face à vous une personne âgée, certes, mais en piste pour une belle décennie. Mes collègues à l'hôpital étaient fort pessimistes le soir de son admission. Atteinte physiquement et psychiquement, à un stade avancé de la maladie d'Alzheimer, cette dame aurait pu connaître une fin rapide. Elle a fait preuve d'une résilience qui nous étonne tous. »

Louise se tient maintenant bien droite, l'œil rayonnant, sensible aux compliments, telle une jeune fille à son premier bal.

« Je ne suis pas là pour proposer un autre médicament, la presse aurait parlé de moi à la Une de l'actualité si cela avait été le cas. Je viens vous proposer, Mme Tesson, si vous et votre famille êtes d'accord, de rentrer dans un protocole pour une nouvelle thérapie. Une équipe australienne a testé en laboratoire sur les souris un traitement basé sur des vagues d'ultrasons… »

-2-

SONIA

*« La vie n'a de prix que par le dévouement
à la vérité et au bien »*.

Ernest Renan

1 – LE CŒUR QUI PARLE

Janvier 2018

Je m'appelle Sonia Pereira. Je viens de retrouver Louise et toute la fratrie Tesson. Ma deuxième famille. Pendant huit belles et dures années, je me suis occupée de Louise et Jacques, son cher époux aujourd'hui décédé. Les enfants avaient fait appel à moi pour les tâches ménagères, les courses et autres obligations quotidiennes qu'ils ne parvenaient plus à assumer. Elle m'en a fait voir, Louise, au début ! « Je sais faire, pas besoin, ce n'est pas sale, on n'a besoin de rien ». J'ai dû me résoudre à être payée pour l'amuser, la faire rire de mes histoires, de mes blagues à deux balles. Nous sommes devenues complices et amies. Avec Jacques, les choses étaient beaucoup plus simples, et pourtant il était plus atteint physiquement. Son AVC lui avait laissé d'importantes séquelles, son élocution était difficile, la marche malaisée. Lui, m'a acceptée sur-le-champ, raisonnable et conscient, heureux de la joie que j'apportais et des repas que je m'efforçais de rendre variés et savoureux. Chez Louise, la maladie s'est installée. Des mots oubliés, des rendez-vous ratés, des anecdotes répétées encore et encore, le frigo plein de produits périmés. Puis les hallucinations, les angoisses, les déambulations de jour, de nuit, et à ses côtés, le pauvre Jacques, prisonnier de son corps qui balbutiait son impuissance. Je venais tous les jours. Et puis, un soir d'été, pendant que j'étais en congé, il est parti. Je m'étais accordée le droit de souffler et je n'ai pas pu lui dire au revoir.

Les enfants venaient quand ils pouvaient. L'aînée un peu plus, car elle habitait tout près, mais les deux plus jeunes vivaient leur vie. C'est Danielle qui m'a embauchée quand elle a commencé à saturer. C'est toujours comme ça dans les familles pour lesquelles j'ai travaillé. Il est plus facile de gérer les personnes âgées avec un handicap physique, même quand elles sont en fauteuil roulant. Quand c'est la tête qui déraille, c'est compliqué. Mon métier, c'est auxiliaire de vie, et je ne le changerais pour rien au monde. Louise, Jacques, Danielle, son frère et sa sœur, ce sont mes amis. Et Louise c'est ma grande amie…

Quand elle est partie en EHPAD j'ai dit à ses enfants que je lui rendrais visite mais je n'aime pas les maisons de retraite. Ce que j'aime, c'est accompagner les personnes dans leur environnement, les aider à conserver le plaisir d'être chez eux, de décider, de choisir. J'y suis allée un peu au début, et puis mes visites se sont espacées. J'ai trouvé d'autres maisons. Le placement aux Strelitzias, c'était leur décision. Sûrement la seule solution. Un crève-cœur. Je n'ai jamais perdu contact cependant. Danielle m'appelle régulièrement, et son dernier appel m'a touchée.

« Sonia, tu aurais du temps, encore un peu pour Maman ? Je n'en peux plus, là il se passe des choses, je ne vais pas tenir, et j'ai besoin d'une aide amicale et de confiance, Thierry est muté en Alsace et je me suis décidée : je vais le suivre, tu comprends, une promotion ça ne se refuse pas. Je suis très ennuyée pour Maman, je vais t'expliquer. »

Je n'aurais jamais imaginé que Danielle accepte de partir si loin de sa mère, surtout en ce moment. Elle doit être à bout. Trop investie.

Je lui ai fait répéter plusieurs fois, je m'attendais au pire, je n'en croyais pas mes oreilles et ne parvenais pas à me réjouir. Danielle riait et pleurait à la fois. Il fallait un référent pour accompagner Louise de très près. Le personnel infirmier et médical ne suffisait pas pour le suivi d'un protocole de soins destiné à la guérir... Il fallait non seulement une dame de compagnie mais aussi un chauffeur de taxi, une masseuse, une confidente, une chargée de communication, une médiatrice familiale.

Je m'appelle Sonia, je suis auxiliaire de vie, j'ai 58 ans, je pourrais partir à la retraite, et pourtant j'ai accepté.
Tu es folle...
Je t'avais toujours dit que tu méritais un autre métier... toi qui aimais étudier...

Pense à toi et à ta famille...

Ils sont ma famille...

« Vous pouvez compter sur moi... »

2 – TOUT VA BIEN SE PASSER

Mardi 7 janvier.

Je suis avec Louise au pavillon « Protocoles de soins neurologiques » de l'hôpital de Grasse. Chambre individuelle. Je ne sais pas vraiment pourquoi elle est là depuis une semaine. Elle est allongée dans sa blouse blanche, on s'occupe bien d'elle. Ils la préparent pour l'intervention, c'est ce que m'a dit l'infirmière cadre. Je ne sais pas vraiment ce qu'on va lui faire, ils parlent d'une thérapie par ultrasons. Pour le personnel, je ne suis qu'une dame de compagnie, j'aide, j'écoute, mais je ne dis rien et on ne me dit rien. Mais j'écoute… Protéines responsables de la maladie d'Alzheimer stockées dans le cerveau… un boîtier qu'on implante dans le crâne… une aiguille du boîtier qui transmet des vibrations… des brèches dans la barrière hépato encéphalique… ultrasons pour évacuer les toxines à l'origine de la maladie… la procédure ne dure que quelques minutes… pas de risque d'hématome ou d'œdème, tout va bien se passer… régions ciblées… meilleure pénétration des médicaments… capacités cognitives restaurées… essai du siècle… IRM de contrôle.

Le personnel est aux petits soins. Prise de tension, température, stimulations sensorielles, massages, kinés, ergothérapeutes, radios, visites de chefs de service, on parle des langues de tous pays, commentaires en anglais, prise de notes, et Louise dans sa blouse blanche, dans sa chambre blanche, au milieu de toutes ces blouses blanches. Impassible, immobile, les yeux bien ouverts.

Moi, posée dans un coin, j'écris pour m'occuper. On me tolère, ils doivent me prendre pour une stagiaire. « Tu nous fais un café, ma jolie ? ». Ils n'ont pas les yeux en face des trous, tous ces grands pontes. « Eh, je pourrais être votre mère ! » Mettons ces propos déplacés sur le compte de la fatigue. Si j'avais le temps, j'écrirais un reportage sur les relations de travail dans le monde hospitalier.

Depuis que Louise a quitté les Strelitzias après son passage à l'hôpital et qu'elle a été transférée ici, elle ne parle plus, n'exprime rien. Elle observe, écoute, ne pose pas de questions. Chaque visite de blouse blanche est accompagnée de son lot d'explications. « On va vous prendre la tension… et c'est parti pour un shooting photo ah ah… allez, à table. » Louise ne dit pas si elle est d'accord ou pas, elle suit du regard, acquiesce parfois, ne s'oppose pas.

Elle aimait bien ses médecins quand elle était chez elle, surtout le sien qui venait à domicile. « Un café docteur ? » Et lui, bon vivant, malgré un agenda chargé, donnait son temps de convivialité, guérisseur des corps et des âmes. « Je suis en de bonnes mains », disait Louise et le docteur repartait, la laissant sereine, apaisée.

Je sais que Louise écoute, entend, je ne sais pas si elle comprend ce qui lui arrive, où elle est, ce qu'on va lui faire. Sérénité de la maturité ou insouciance inconsciente ? Il a été décidé en son nom qu'elle serait cobaye, qu'elle prêterait son corps à ces recherches. Je surfe sur Internet et ne vois rien d'encourageant sur cette maladie, alors je fais comme Louise, confiance.

Il est tard, l'intervention est pour demain. Bouillon et compote sur le plateau ce soir. En prévision de l'anesthésie. Personne ne prend ma tension. Explosive, sûrement.

3 – NON, JE N'EN SAIS PAS PLUS

Mercredi 8 janvier

13 h 00. Je suis dans sa chambre. Vide. L'opération a eu lieu à 9 h 00. Le lit a été refait, la chemise de nuit mauve à dentelle est pliée sur les draps. Sa blouse blanche, tenue réglementaire, est partie avec elle. Le plateau d'hier soir débarrassé, ce n'est pas le cas tous les

jours. Quelques minutes, l'intervention devait durer quelques minutes. « Salle de réveil, quelques minutes, bon, disons une heure à son âge. » Je me fais le plus petite possible, j'ai anticipé l'horaire des visites, je fais presque partie de la famille quand même. Appel manqué de Danièle, Whatsapp d'Adèle, pas de nouvelles non plus. « Oui d'accord je me renseigne. » Bouffées de chaleur, crampes d'estomac, barre dans la tête, frissons. Dans ce milieu de malades il faudrait que je me fasse vacciner. Une dose homéopathique et ça va passer. Un coup d'œil à la table de nuit, une ordonnance d'anxiolytiques. « Des anxiolytiques pour Louise, pourquoi pour elle, si placide et confiante ? Elle était sereine, ça a dû bien se passer. » Et ses enfants avaient confiance aussi. Intervention bénigne, quelques minutes.

Cliquetis de chariot dans le couloir. Sourire inquisiteur de la conductrice. « Je suis intérimaire, vous êtes de la famille ? Madame Tesson ? Je ne sais pas, je vais voir avec la chef, venez avec moi. » La chef, dans le bocal au fond du couloir, est occupée avec une famille figée, interdite, ravagée. Des mots appris, une voix douce, des éclaircissements convenus. « Je suis désolée, pensez à apporter des vêtements, oui, vous pourrez le voir, est-ce qu'on peut faire autre chose pour vous ? »

L'intérimaire et moi, nous nous regardons, attendons. Je traîne mon inutilité dans le couloir. « Tu es folle d'avoir accepté, Sonia, pense à ta famille, profite de la vie… De la vie, alors que celle de Louise s'est peut-être arrêtée, alors qu'elle est sûrement en réanimation, ou observation ? En observation… mais non, pas possible, hier il était question de la ramener vite dans sa chambre. »

Je retourne vers le bocal du staff qui bourdonne d'informations, d'ordres et de contre-ordres. Téléphone. Je les vois décrocher. « Vous êtes la fille de

Mme Tesson ? Oui, j'ai eu vos messages, je n'ai pas pu revenir vers vous, j'étais occupée avec une famille. Oui, Madame, je sais, vous êtes une famille aussi. Non, votre maman n'est pas remontée, je me renseigne et vous rappelle. » Inutile d'attendre ici, Danielle a eu une réponse, elle sait qu'ils ne savent rien, ou ne veulent rien dire. Et voilà la chef qui disparaît dans une chambre, une urgence. « Il faut redescendre ce Monsieur au bloc, appelez la réanimation. »

« Ce Monsieur ce n'est pas ma Louise, je veux savoir où est Louise. » L'intérimaire me jette un regard impuissant. « Inutile d'attendre à l'étage, rentrez chez vous et téléphonez. »

Patience. Dans la chambre j'inspecte tous les recoins à la recherche d'un indice, ses vêtements sont là, mon portable, au cas où j'aurais raté un appel. Poids dans la poitrine annonciateur d'une crise d'angoisse. Pas moi, pas ici, je suis ici pour aider. Besoin de café. Ascenseur bondé. À la cafétéria, la vie. Des attentes multiples qui s'expriment, des gobelets de boissons chaudes accumulés sur les tables rondes, collantes, les bruits des pièces introduites dans les distributeurs, et des récits de maladies, de longs séjours, de guérisons. Café brûlant à l'arrière-goût de plastique, coup d'œil sur mon portable. Ils ont dit d'appeler. Bonne idée, je tente. J'appelle le standard, comme si j'étais à la maison. Secrétariat du Département Neurologie. « Oui, bonjour, Mme Tesson est sortie du bloc ce matin. Elle est en observation avec le Professeur et ses confrères suisses. Oui, on la remontera dans sa chambre, dans l'après-midi. »

Bjr Danièle, ta maman est sortie du bloc. En observation. Avec les professeurs et confrères. Dans l'après-midi, elle sera dans sa chambre.

Non je n'en sais pas plus.

Le Professeur et ses confrères suisses au chevet de leur cobaye... J'espère qu'ils vont bien, eux.

4 – UNIVERS BLANC

Jeudi 9 janvier.

Ils ont remonté Louise dans sa chambre hier vers 18 h 00. Tout s'est bien passé.

Les visites ne sont pas souhaitées cependant. Louise doit se reposer, elle a déjà mangé un peu. Les infirmières de nuit ont pour consigne de passer plusieurs fois...

13 h 00. Louise va bien. Comme avant-hier, elle est toute de blanc vêtue, avec un accessoire supplémentaire, un bonnet blanc qui couvre sa chevelure. Certainement rasée avant l'intervention, peut-être une cicatrice. Danièle s'est longuement entretenue avec le Professeur. L'opération a réussi, dans quelques jours les effets pourront être vérifiés, et la prise de médicaments devrait mener vers la guérison. Dans cette attente, Louise est perfusée. Elle ne souhaite pas s'alimenter. Elle dort beaucoup, semble avoir perdu ses repères. Elle souhaite aller aux toilettes, j'appelle un soignant. Elle tangue, prise de vertiges. J'apporte le bassin. Louise a besoin de dormir.

Je décide de faire plusieurs passages brefs dans la journée. Je me sens inefficace dans l'univers blanc et aseptisé.

16 h 00. Je suis de retour. Les blouses blanches passent et repassent, l'assistance médicale est renforcée. Pas de bruits, pas de cris. Sur le lit, Louise a les yeux mi-clos. Penchés sur elle, charlottes et masques, des yeux noirs, bleus, verts, du rimmel qui fuit sous des conjonctives allergiques aux détergents puissants, des yeux épuisés. Regards attentifs, bienveillants. Paroles protocolaires qui ne disent rien. Les minutes passent, à ce stade de la vie où toute minute compte. Plateau-repas, collation de 16 h 00. Inutile pour Louise. Comme ma présence. Bip, prise de tension, normale. Prochain contrôle dans deux heures.

Louise a maintenant les yeux ouverts, me regarde, je ne sais pas si elle me reconnaît. Vide de ses repères dans ce nouvel environnement. Ni sourire, ni crispation. Juste ce regard qui parcourt l'espace, s'arrête sur moi, sur les blouses immaculées. Vide d'émotions. Regard qui n'attend rien, occulté maintenant sous des paupières lourdes, et la poitrine qui se soulève doucement, régulièrement, paisiblement.

Un SMS de Ghislain. Je peux appeler Maman en vidéo ? « La Wifi est mauvaise, Ghislain. » Oui, il comprend. « C'est normal dans un hôpital. » Il vit mal l'attente, Ghislain, pas prêt à affronter l'univers blanc.

Deux intérimaires commentent le planning de la journée. Rude moment pour eux : un mouvement social rassemble les collègues insatisfaits de leur statut. Des heures supplémentaires, des nuits à rallonge, des enfants qui s'ennuient d'eux, et une pauvre rétribution indigne de leurs efforts.

18 h 00. Je dois rentrer. « Une bise, Louise. Je crois qu'on s'ennuie de moi, à la maison. » Louise ouvre un œil et acquiesce, bouche tordue d'un sourire esquissé.

5 – Vous avez bien dormi ?

Dimanche 12 janvier.

C'est le week-end. Ici, les jours se suivent et se ressemblent.
« Bonjour Mme Tesson, vous avez bien dormi ?
Je prends votre tension, parfait.
Votre petit-déjeuner Mme Tesson. Je vous mets la télévision ?
Prête pour la toilette ? »

« Bonjour Mme Tesson, vous me reconnaissez ? C'est moi qui vous ai opérée. Tout va bien, ça suit son cours. Je vous emmène pour les soins. Madame, vous pouvez vous absenter, nous en avons pour une petite heure. »

« Voilà, on vous la ramène, tout s'est bien passé.
Votre déjeuner Mme Tesson. Je vous laisse la télévision.
Vous avez de la visite Mme Tesson, votre amie Sonia.
Votre collation Mme Tesson.
Mme Tesson je vous habille pour la nuit.
Votre dîner Mme Tesson, et vos médicaments.
Bonne nuit Mme Tesson. »

Des jours et des jours à entendre les mêmes litanies. Louise se laisse faire, s'exécute, picore, somnole, jette un œil hagard à l'écran, somnole, goûte du bout des lèvres l'arc-en-ciel de tambouilles colorées, dessine un sourire vers moi, me prend la main, somnole, picore, serre ma main, ouvre un œil, somnole, somnole, ouvre un œil, puis l'autre…

Lundi 13 janvier

« Bonjour Mme Tesson, vous avez bien dormi ?
Je prends votre tension, parfait.
Votre petit-déjeuner Mme Tesson. Je vous mets la télévision ?
Prête pour la toilette ?
Bonjour Mme Tesson, vous me reconnaissez ? Je suis le kiné. Tout va bien, ça suit son cours. Je vous emmène pour les soins. Madame, vous pouvez vous absenter, nous en avons pour une petite heure. »

« Voilà, on vous la ramène, tout s'est bien passé.
Votre déjeuner Mme Tesson. Je vous laisse la télévision.
Vous avez de la visite Mme Tesson, votre amie Sonia.
Votre collation Mme Tesson.
Mme Tesson je vous habille pour la nuit.
Votre dîner Mme Tesson, et vos médicaments.
Bonne nuit Mme Tesson. »

Mardi 14 janvier

« Bonjour Mme Tesson, vous avez bien dormi ?
Je prends votre tension, parfait.
Votre petit-déjeuner Mme Tesson. Je vous mets la télévision ?
Prête pour la toilette ?
Bonjour Mme Tesson, vous me reconnaissez ? Allez, en route pour l'IRM. Tout va bien, ça suit son cours. Je vous emmène pour les soins. Madame, vous pouvez vous absenter, nous en avons pour une petite heure. »

« Voilà, on vous la ramène, tout s'est bien passé.
Votre déjeuner Mme Tesson. Je vous laisse la télévision.
Vous avez de la visite Mme Tesson, votre amie Sonia.
Votre collation Mme Tesson.
Mme Tesson je vous habille pour la nuit.
Votre dîner Mme Tesson, et vos médicaments.
Bonne nuit Mme Tesson. »

Vendredi 17 janvier

« Vous avez bien dormi ?
Mme Tesson
Tension
Tout va bien
Une petite heure
Déjeuner
Collation
Mme Tesson
Vos médicaments
Ça suit son cours
Ça suit son cours. »

Mercredi 6 février

« Bonjour Mme Tesson, vous avez bien dormi ?
Je prends votre tension, parfait.
Votre petit-déjeuner Mme Tesson. Je vous mets la télévision ?
Prête pour la toilette ?
Bonjour Mme Tesson, vous me reconnaissez ? C'est moi qui vous ai opéré. Tout va bien, ça suit son cours. Je vous emmène pour les soins. Madame, vous pouvez vous absenter, nous en avons pour une petite heure. »

« Voilà, on vous la ramène, tout s'est bien passé.
Votre déjeuner Mme Tesson. Je vous laisse la télévision.
Vous avez de la visite Mme Tesson, votre amie Sonia.
Votre collation Mme Tesson.
Mme Tesson je vous habille pour la nuit.
Votre dîner Mme Tesson, et vos médicaments.
Bonne nuit Mme Tesson. »

Ces mots résonnent en moi, jusqu'à ma voiture, seule la musique de Queen à faire sauter les tympans parvient à apaiser mon agacement et ma lassitude. Tant de souffrances, ce parcours douloureux, cet univers froid et blanc, des heures et des heures à être manipulée, observée, habillée, déshabillée, droguée, scrutée, des IRM, des scanners, comment peut-elle supporter et à quoi bon ? Pour combien d'années encore ? Pourra-t-elle à nouveau profiter de la vie ? Ça suit son cours, quel cours, pour qui, pourquoi ? Je m'éclipse quelques heures avant la visite du docteur en fin d'après-midi.

Louise et moi fonctionnons par mimétisme. J'ai hurlé mon désespoir en chœur avec Freddy Mercury et ce soir Louise a décidé de prendre son destin en main. « The show must go on ».

« Assez ! J'en ai assez ! Marre ! Docteur, je ne sais pas ce que je fais dans cette chambre. Laissez-moi tranquille docteur, je voudrais appeler mes enfants. Je vais faire mes valises et sortir d'ici. »

Les moustaches du Dr F. frétillent sur des lèvres vermeilles. Il me regarde : « L'attitude de Madame Tesson est édifiante. Elle a conscience de son passé, exprime ses volontés. Elle est en état de suivre un traitement qui finalisera la thérapie par ultrasons. Dès demain, j'informe sa famille de ce bon pronostic ».

6 - PERSEVERANCE

Jeudi 5 mars.

Louise a changé de bâtiment. On m'a dit qu'elle est en réadaptation. Ici, je revis et trouve un sens à ma mission. Louise est sortie de sa torpeur et nous prenons mutuellement plaisir à nos temps d'échanges. Danielle est venue me remplacer la semaine dernière. Par conscience filiale, mais à reculons. Comme si cette évolution, n'allait pas dans le sens de la vie.

J'étais vidée. Ne rien faire au chevet de Louise dans un lit d'hôpital m'avait minée. J'avais besoin d'une pause.

Depuis deux jours, Louise se tient debout et remarche. Des petits pas hésitants. Les semelles traînent sur le sol collant du couloir bleu. « On va dehors », me dit-elle, d'un ton monocorde mais péremptoire. Le printemps précoce nous régale de tièdes et bienfaisants rayons de soleil. Cinq petits pas, pause sur le banc, debout, en route pour le jardin des simples. Je lui propose les senteurs qu'elle aimait tant, le thym, le romarin, l'origan. « Allez, encore un gros effort, Louise ! » On croise Guillaume, 25 ans, paraplégique suite à un accident de voiture, qui se bat pour gagner en autonomie.

Je tiens Louise fermement, ça l'agace, je le sens. Je desserre mon étreinte, elle se laisse aller à deux petits pas chancelants sur le chemin de sa liberté.

Vendredi 27 mars

Ce couloir, ce jardin, ce sas de sécurité, cette salle commune, ce jardin, ces arbustes, ces plantes me sortent par les yeux. J'arpente ces lieux des dizaines de fois avec ma Louise déterminée à se mouvoir sur cette terre d'évasion. Je viens désormais le matin, il fait une chaleur anormale en ce moment, les après-midi ne sont même plus propices à la promenade des seniors. Je marche, elle marche, nous marchons, nous tournons à droite, à gauche, demi-tour, attention la petite marche, et elle n'aime pas ça Louise. Ses semaines d'immobilité ont fait de ses jambes des allumettes, sa démarche imite celle d'un militaire en rééducation fonctionnelle. Pourtant, elle progresse, évolue, s'intéresse, regarde les couleurs de la nature qui renaît.

J'ai été sollicitée pour l'aide au repas. Louise s'étonne qu'on veuille la faire manger. De son coude hésitant, elle veut saisir le contenu de son assiette, mais l'avant-bras ne suit pas, replié à 45 degrés, raide comme un bout de bois. Au fil des jours le traitement fait effet et les commandes de son cerveau permettent à ses articulations de fonctionner à nouveau, pas à pas, sans douleur apparente. La persévérance est la clé de sa réadaptation et pour cela, nous faisons la paire.

Le nez sur sa purée, Louise agrippe sa cuillère, elle lui échappe, virevolte et retentit sur le sol. Louise rouge écarlate, fait une tentative, une deuxième. À bout de forces, elle capitule et accepte mon aide. Le hachis Parmentier, c'est son plat préféré, alors…

La mousse aux abricots doit faire partie du protocole de soins. Onctueuse, et un arrière-goût d'amande verte. Il n'en faut pas plus à Louise, qui dans un effort ultime, s'empare d'une fourchette qu'elle plonge avidement dans le dessert convoité.

Louise, la gourmande, l'épicurienne, vient de remporter une nouvelle victoire.

7 – TOUT FAIT VENTRE

Jeudi 14 mai

Leila, l'aide-soignante qui est passée ce matin n'était pas contente. Comment faire le ménage dans la chambre de Louise ? La table de nuit, les étagères sont encombrées de douceurs en provenance de tous les horizons. Calissons d'Aix, fruits confits d'Apt, loukoums de Turquie, pasteis de nata de Belém, polvorones à la cannelle d'Andalousie, pâtes de fruits d'Auvergne, sans oublier les boîtes de Quality Street et d'After Eight. Toutes ouvertes, pas encore vides. Louise accueille toujours avec un immense plaisir les gourmandises qu'elle peut désormais savourer, à son rythme, pour combler la petite pointe de faim après un insipide repas de collectivité. Le sol de la chambre 303 est jonché de papiers de bonbons, de miettes de pâtisserie, de filaments de chocolat et de miettes de biscuits.

« Tout fait ventre », disait Louise quand son petit-fils venait pour le week-end et qu'il dévorait les bons petits plats de Mamie sans retenue, le regard pétillant. Il laissait une toute petite place pour le dessert, souvent une brioche à tête traditionnelle riche en beurre, généreuse, ronde et gourmande, amoureusement pétrie, à déguster de préférence avec une succulente confiture de framboises du jardin. Comment résister à l'odeur sucrée qui envahissait la maisonnée ? Marco se délectait de la pâtisserie à la mie filante et tendre, même quand il n'avait plus faim, à toute heure de la journée.

Le petit-fils tient bien de sa grand-mère. Depuis que Louise a retrouvé le goût, l'odorat, et une autonomie partielle pour manger seule, elle me demande une lecture expressive de recettes de cuisine, celles qu'elle aimait et celles qui la font saliver, les yeux fermés après les soins du matin. Ses joues se sont remplies et ont estompé quelques rides profondes. J'ai ramené dans la chambre le livre qu'elle m'avait confié quand je l'aidais à préparer les repas. « La Cuisine traditionnelle » est un recueil de recettes et de techniques qui a traversé plusieurs générations, à la couverture rafistolée, aux pages jaunies, cornées, brûlées, caramélisées. À la simple évocation de mets savoureux, les papilles réjouies de l'octogénaire redonnent à son regard la malice d'antan.

Jeudi 28 mai

« Levez le pied Mme Tesson. Allez Louise, courage ! Regardez droit devant vous. Je vous lâche la main d'accord ?

Allez, on retourne aux barres parallèles. Un pas, deux pas, trois pas. Magnifique, Mme Tesson. On arrête pour aujourd'hui. »

« Bonjour Sonia. Vous voulez la ramener dans sa chambre ? En fauteuil c'est mieux, elle est fatiguée aujourd'hui. »

Louise lance un œil noir au kiné remplaçant. Elle ne veut plus être fatiguée. Elle veut avancer, marcher, manger, écouter de la musique, se délecter de la lecture des recettes de cuisine.

La semaine dernière les spécialistes ont décidé de la laisser tranquille. Elle répondait positivement mais ils la trouvaient épuisée. « Pas de rééducation, moins de stimulations Sonia », ont-ils ordonné. « Laissez-la dormir, venez plus tard dans l'après-midi et reposez-vous aussi. »

Un soir, vers 17 h 00, je l'avais retrouvée, bougonne, dans son lit. « Je m'ennuie », avait-elle marmonné. Lis-moi le saumon en croûte à l'orange. » « Chut Louise, pas aujourd'hui, repose-toi, je te mets de la musique, Julien Clerc, tu veux bien ? »

Les jours passent et se ressemblent. Mon amie a retrouvé le calme et la sérénité. Elle accepte le repos et affronte avec courage les défis quotidiens du protocole.

Aujourd'hui, comme pour rattraper le temps perdu, Louise me renvoie à la page 247 et ne perd pas une miette de la recette du tajine d'agneau aux abricots et aux pignons.

« Et quelle bouteille de vin peut-on déboucher avec le tajine, Sonia ? »

Des larmes chaudes de bonheur coulent sur mes joues creusées par des journées de tension et de fatigue. À suivre Louise dans son chemin vers la renaissance, je donne mon énergie, je veux lui insuffler de la joie et de l'optimisme. Elle m'appelle par mon prénom, réfléchit à l'organisation d'un repas et exprime son opinion. Ce soir, je suis comblée.

8 – L<small>E CORBEAU DE</small> S<small>AINT</small> J<small>EAN</small>

Lundi 15 juin

Marco vient de rendre visite à sa grand-mère. Il va poursuivre ses études à Strasbourg et a été sommé par sa mère de trier ses affaires dans sa chambre d'enfant. Il semblait triste, Marco, de devoir se débarrasser d'objets fétiche, de livres souvenirs, de photos et cartes postales collées les unes aux autres par de la Patafix. Difficile de se dire « ce livre que j'ai tant aimé, je ne l'ouvrirai plus jamais, autant en faire profiter d'autres personnes. » Et il a fait un petit carton pour sa mamie, une sélection de poésies qu'ils avaient lues ensemble, qu'elle lui avait fait réciter, d'histoires qu'elle lui avait racontées. Louise était ravie. « Si on lisait Jean de La Fontaine, Sonia ? Dans le temps je connaissais toutes les fables par cœur ! » D'instinct, je tente avec elle un exercice de mémoire :

MOI : Maître Corbeau sur un arbre…
LOUISE : … perché
MOI : Tenait dans son bec un…
LOUISE : … fromage
MOI :   Maître Renard…
LOUISE : … par l'odeur alléché
MOI : Lui tint…
LOUISE : … à peu près ce langage.
MOI : Et bonjour…
LOUISE : … Monsieur du Corbeau. Que vous êtes joli ! Que vous me semblez beau !
MOI : Sans…
LOUISE : … mentir, si votre ramage se rapporte à votre plumage, vous êtes le Phénix des hôtes de ces bois. À ces mots, le Corbeau ne se sent plus de joie : et pour montrer sa belle voix, il ouvre un large bec et laisse tomber sa proie.

Mardi 30 juin

Louise ne lâche plus son nouveau jouet. Adèle lui a offert une radio lecteur de CD et des coffrets de chansons françaises. Livres de recettes, fables et contes sont relégués dans les cartons. La chambre ressemble à un logement en cours de déménagement. Depuis que Louise s'est appropriée le fonctionnement de sa « boîte à musique », mélodies romantiques et tubes yé-yé passent en boucle du petit matin à l'heure du dîner. Les yeux fermés, je tiens sa main et imagine les images qui défilent dans sa tête.

Les mélodies nostalgiques la transportent dans un autre monde. Elle se noie dans la musique, les yeux rougis et la gorge nouée, oublie qui elle est, où elle est, qui je suis. Je connais ses morceaux préférés et je ne me prive pas de les lui passer et repasser en boucle.

« On le remet et tu le chantes, Louise ?
- Je veux bien. »

Je ne sais pourquoi j'allais danser
À Saint Jean au musette,
Mais quand un gars m'a pris un baiser,
J'ai frissonné, j'étais chipée
Comment ne pas perdre la tête,
Serrée par des bras audacieux
Car l'on croit toujours
Aux doux mots d'amour
Quand ils sont dits avec les yeux

Moi qui l'aimais tant,
Je le trouvais le plus beau de Saint Jean,
Je restais grisée
Sans volonté
Sous ses baisers.
Moi qui l'aimais tant,
Mon bel amour, mon amant de Saint Jean,
Il ne m'aime plus

C'est du passé
N'en parlons plus

Mercredi 15 juillet

Je ne veux pas prendre de vacances, pas tout de suite. Comment le faire comprendre à ma famille ? Louise répond merveilleusement bien à l'essai clinique. Les professeurs diminuent les doses de médicaments et pourtant les connexions de son cerveau semblent se reconstituer à la vitesse de l'éclair. Tellement vite, qu'hier elle est venue m'accueillir au portail de la clinique. Son sourire avançait plus vite que ses pantoufles et je l'ai retrouvée au sol, furieuse d'avoir raté la cérémonie d'accueil. Elle s'en sort avec quelques hématomes, c'est tout.

Je refuse de partir, de me priver du spectacle de ce miracle au quotidien. Les enfants n'en croient ni leurs yeux, ni leurs oreilles. J'ai hâte de les revoir, pleurer de joie, ensemble, remercier cette prouesse de la science.

Les spécialistes ne nous disent pas tout. Ils sont tenus au secret médical, on ne dévoile pas tout, pas maintenant, pas au grand public. Ils ne disent pas tout, mais j'observe, incrédule, ébahie, émerveillée.

Les enfants de Louise et moi avons signé une charte. Elle nous incite à la discrétion. Comment voulez-vous que ma famille comprenne mes absences, mon investissement total et le détachement dont je fais preuve envers mes proches ?

« Tu sais Sonia, ce sont tes employeurs, ils te doivent bien tes congés payés. Tu vas y laisser ta peau, il y a suffisamment de personnel là-bas pour s'en occuper ; tu penses un peu à nous aussi ? »

La semaine dernière mon mari a téléphoné à Danielle, en douce. Je ne sais pas ce qu'il lui a dit ni sur quel ton il lui a parlé. Danielle m'a appelée, elle m'a dit « Sonia, tu as besoin de vacances, je vais venir tu sais, pars et on s'arrangera. »

Je choisis MES vacances : cette aventure que Louise m'offre et qui vaut tout le repos du monde.

Mardi 28 juillet

« Danielle, je peux t'appeler en Whatsapp vidéo ?
– Allooo ?
– Oui, coucou Danielle c'est Sonia, oui, nous sommes dans le jardin pour l'instant. Ta maman ? Elle va arriver, elle est partie chercher un gilet et puis elle a fait un arrêt aux toilettes. Oui, oui, toute seule. Je t'assure. C'est absolument incroyable. Elle se lave seule sommairement, se déshabille sans aucune aide. Au fait, je te remercie d'avoir signé l'autorisation, maintenant je peux l'emmener se promener au parc. Oui, elle marche à petits pas, elle monte dans la voiture, on peut partir se promener toutes les deux, comme avant. Oh dix, quinze minutes à peu près, elle marche d'un pas qui se veut vigoureux, mais se courbe beaucoup. Redresse-toi Louise, je lui dis, et elle se dresse, toute fière… bon, elle a un certain âge et toutes ces années quasiment clouée au fauteuil, faut pas demander la lune. Ah j'aurais dû l'enregistrer l'autre jour, tout le répertoire des années soixante y est passé, les résidents étaient ravis, elle va se reconvertir en animatrice, ta mère. »

« Les nuits ? Non, je crois que ce n'est pas facile pour ta maman. Elle erre dans les couloirs et appelle Jacques… Les filles doivent la ramener à sa chambre car elle ne la retrouve pas toute seule, la nuit. »

« Oui, incroyable quand même. »

« Bon, je te vois début septembre ? Oui, je sais, tu viens au rendez-vous avec les médecins. Avec Ghislain ? Ah tant mieux, je suis contente. Oui, oui je te tiens au courant. Bisous à vous tous. »

10 août

Louise fait les cent pas le matin, jusqu'à la salle commune du déjeuner. Désormais intégrée aux groupes de patients autonomes, elle pique avec voracité le steak haché et croque le quignon de pain, sans appétit particulier pour la purée, va savoir pourquoi.

Les pensionnaires se chamaillent, se houspillent et ressassent leurs souvenirs. Leurs envies aussi. Ici, ils l'ont compris, c'est un passage. Ils sont tous en convalescence et attendent impatiemment un retour dans leur foyer. La campagne pour les élections municipales est en cours. Louise suit le match de ping-pong d'idées adverses entre deux messieurs à sa table. Elle sourit au souvenir des débats houleux à la maison, quand ses enfants, jeunes adultes, passaient les voir. Comme avant, elle écoute et n'intervient pas.

L'atelier dessin l'ennuie. Le crayon serré dans son poing, elle écrase la mine du crayon sur le Canson et repousse d'un air agacé autres feutres, gommes et taille-crayons. Elle griffonne quelques mots, des lignes, froisse le papier, le jette à la poubelle. Elle m'attend. De timides rayons de soleil voilé incitent à une escapade. Louise se tient droite et ne traîne plus les pieds

« Tu veux aller dans le parc ?

- Non.
- Faire un tour à l'animalerie ?
- Non. »

Louise a retrouvé son caractère d'avant. « Bourrique », disaient ses filles. Elle veut la mer, la promenade qui mène à la petite plage de l'autre côté du port. Cela fait des jours qu'elle la demande aux infirmières, sans réponse. Permission accordée. « En voiture, Louise ! » Louise à mon bras. Des pas hésitants, le regard rivé sur le sol, mémoire de chutes répétées, de la chute qui l'a conduite à l'hôpital. Louise accrochée à moi, confiante, allonge le pas, peu à peu, la tête se redresse, presque avec élégance. Elle avance en souriant, fière de son port de gagnante à la reconquête du monde.

Louise se lève seule, s'habille, fait sa toilette, son lit. Elle m'a demandé de la crème hydratante et antirides, de l'eau de toilette. Elle ne supporte pas le vernis écaillé sur ses ongles, je les lui fais toutes les semaines. Danièle vient demain, elle va l'emmener faire des courses, Louise a besoin de porter des vêtements qu'elle aime, qu'elle a choisis. Elle n'ose pas encore se promener seule en ville. C'est mieux car elle n'en a pas le droit. Louise s'ennuie, ça tourne autour du pot à table. Louise baille. La télévision l'endort, effet secondaire de son nouveau traitement. Louise tourne en rond et ne pétille plus. « Sonia, qu'est-ce que je fais ici ? »

11 août

Louise m'attend. Demande à quelle heure je vais revenir. Demande des nouvelles, des uns et des autres, souhaite les appeler.

Nos rencontres s'organisent autour des albums photo, qu'elle commente maintenant. Les souvenirs se mélangent, les dates s'entrechoquent, elle marie et démarie des couples, évoque les bombardements de 1982, la peur de son père quand il a dû prendre le Concorde pour la Corse, mais petit à petit les visages se mettent en place, les époques se dessinent dans des éclats de rire complices.

Louise connaît tous les soignants par leur prénom. Il y a sa chouchoute, Linda, qui lui parle de son chien, de Mario qu'elle n'aime pas car il a une grosse voix, et de Chantal, celle du matin qui l'oblige à prendre ce comprimé jaune dégoûtant, car elle le sait, il lui donne des nausées.

20 août

Danielle a passé la journée avec sa maman. Je suis partie chez moi, me reposer. Louise était contente de la voir. J'espère qu'elles ont passé un bon moment. J'espère que Danielle a pu parler aux médecins. Aux spécialistes qui jubilent. Aux référents qui accompagnent Louise dans son traitement. Qui viennent lui rendre visite accompagnés de grands experts de Genève, Bruxelles, San Francisco, New York. Qui débordent de fierté car le traitement fonctionne et que Louise va bien. Facultés cognitives récupérées à 70 pour cent. Le protocole va pouvoir se généraliser. Danielle le sait mais ne rayonne pas. Louise lui a-t-elle dit ?

Louise veut rentrer.

9 - Bilan

25 août.

    De : Danielletesson@gmail.com
    À : sonia06pereira@wanadoo.fr

    Sonia,
    En prévision de la réunion du 6 septembre avec l'équipe médicale, je te joins le courrier des professeurs concernant Maman. Je viendrai bien sûr, peut-être avec Ghislain C'est important que tu sois au courant.

    À l'attention des enfants de Mme Louise Tesson

    Mesdames, Monsieur,
    Nous nous permettons de vous transmettre le bilan concernant l'évolution de votre maman depuis qu'elle a intégré un nouveau protocole de soins au titre d'essai clinique.

    Comme vous le savez déjà, votre mère a accompli des progrès considérables depuis son entrée dans l'aile de la clinique consacrée à ce protocole. Elle a récupéré 70 % de sa motricité et la récupération de ses facultés cognitives nous permet désormais — après scanner et nouveau test MMS – de modifier son niveau de dépendance. Son niveau de perte d'autonomie passe ainsi du GIR 1, le plus élevé dans l'échelle de la dépendance, au GIR 4 et s'achemine certainement vers un GIR 5. S'il en est ainsi, un nouveau rapport établi par un expert psychiatre sera nécessaire.

À ce jour votre mère est capable d'effectuer les tâches simples de la vie quotidienne sans se mettre en danger. Elle est capable d'intégrer le planning d'une journée et de s'y tenir. Elle a récupéré 80 % de sa mémoire immédiate et évoque précisément des souvenirs lointains. Son écriture est claire et lisible et elle est capable de reproduire la signature de sa carte d'identité. Je tiens à votre disposition son cahier de brouillons. Elle y raconte ses journées, simplement. Vous noterez sur ses feuilles la répétition de son obsession actuelle : 'Je veux rentrer'.

Le rétablissement de votre maman, qui demande à être contrôlé et stabilisé, nous conduira lors d'une prochaine réunion, à examiner avec vous toutes les conséquences qui en découlent. Dans l'état actuel des choses et dans l'avenir proche, votre mère ne sera plus considérée comme personne dépendante. Le rapport de l'expert psychiatre établi avant son entrée aux Strelitzias est désormais caduc et la présence de Mme Tesson en Ehpad est soumise à l'expression de sa volonté.

Nous estimons que le retour à son domicile sera prochainement possible, voire souhaitable. Lors des entretiens avec les collègues psychiatres, Mme Tesson a exprimé à plusieurs reprises son fort désir de retrouver une vie normale, de rentrer chez elle.

Conscients du bouleversement que cet heureux retour en arrière comporte pour votre famille, nous proposerons à votre mère un séjour de quelques semaines en maison de convalescence et de réapprentissage de la vie pratique. Il vous appartient de programmer la mise en œuvre du retour à domicile, lequel doit s'accompagner de visites fréquentes de personnel infirmier et d'auxiliaires de vie au moins dans les premiers temps.

Merci de discuter de cette nouvelle étape entre vous afin que la réunion programmée soit productive et riche en échanges.

Dans cette attente, recevez Mesdames, Monsieur, l'expression de mes sentiments les meilleurs.

-3-

GHISLAIN

« On ne me rend jamais assez hommage dans la vie pour toutes les choses que je réussis à ne pas dire ».

Meg Rosof

Je m'appelle Ghislain Tesson. Je suis monteur réalisateur. Je travaille sur de nombreux projets de films documentaires et j'écris le scénario d'un long métrage. En ce moment, je suis en panne sèche. Adieu les projets passés. L'inspiration faisait partie de mon monde d'avant.

Bientôt, je n'aurai plus de nuits blanches à meubler. Je vivrai les heures étoilées de mon histoire, au bras de ma mère en chemin pour sa renaissance. Ce destin s'est imposé à moi, il y a quelques semaines. Toutes les nuits, je me réveillais, en sueur, tétanisé. Les terreurs évoluaient par vagues, mais s'achevaient sur un plan fixe, un seul. Une femme âgée, décharnée et édentée me regardait intensément de ses yeux caves et hagards. Elle était assise sur un petit fauteuil en velours rouge. Et moi face à elle, j'étais assis en tailleur, par terre, ma tête entre les jambes. Soudain, je sentais mon corps se rétrécir, se déformer. Mes bras s'allongeaient, s'étiraient, mous comme de la guimauve, élastiques et extensibles à l'infini, ils s'enroulaient autour de ma tête, mes jambes, mon cou, emprisonnaient ma chevelure, remontaient de mes fesses vers mon crâne et je me retrouvais ainsi saucissonné, boudiné, à ne plus pouvoir respirer. La vieille dame me regardait toujours, impassible.

Une nuit, une lumière blanche a dissous le cauchemar. Je me suis senti aspiré, déporté malgré moi à la porte de l'établissement où maman se trouve, guérie.

En hommage à ma mère qui s'est battue contre une maladie incurable et qui a gagné une bataille, à l'équipe médicale de l'hôpital de Grasse, aux spécialistes en neurologie, à tous ceux qui l'ont entourée, à Sonia Pereira que je ne saurai jamais comment remercier, à mes sœurs et tout particulièrement à ma sœur aînée, je veux dire que je vais devenir le commandant de la dernière bataille et nous gagnerons !

Je fais une pause dans ma vie. Je me consacre à celle qui m'a mis au monde
Je veux l'accompagner sur le chemin du retour à l'existence.
Je veux être avec elle. Je veux aussi que le monde entier l'acclame.
Maman, je vais m'occuper de toi. Mais ce n'est pas tout.
Maman, tu seras la star de mon prochain film
Un court métrage.
De tous mes projets, ce sera le plus succinct, mais le plus sincère, le plus abouti. Afin de célébrer le miracle de la guérison, une modeste œuvre dramatique donnera à voir le retour à la vie d'une vieille dame qui n'est plus atteinte de la maladie d'Alzheimer. Une femme qui a rétrogradé sur l'autoroute de la mort.

Moi, Ghislain, son fils, moi qui ne suis pas fier de mon désengagement, de ma résignation et de mon égoïsme, je veux aujourd'hui relayer cet encouragement délivré par son médecin à sa sortie de l'hôpital : VIVEZ MAINTENANT !
Je veux y croire, je veux l'accompagner sur ce chemin. En écrivant ces mots, en vous faisant partager instants de vie et émotions, j'espère trouver au fil de ma plume les outils de l'accompagnement que ma mère mérite.
Quand la plume sera tarie, ma mère sera sur tous les écrans. Son histoire fera l'Histoire.

1 – Un nouveau chez elle

« Te tracasse pas Maman, je dormirai dans le salon. »
Pourvu que ça lui plaise, qu'elle se sente bien… Nous avons eu tant de mal à le trouver ce deux-pièces…
Un rez-de-chaussée dans un immeuble de quatre étages, aménagé aux normes handicapés, meublé avec goût… Enfin, c'est un style qui semble lui convenir… Le logement est lumineux et nous avons déjà tapissé les murs de photos de famille ! Cela lui semblait plus important que de défaire les cartons… Fichus cartons… Je n'aurais jamais dû la laisser faire, elle a mis tous les livres d'art dans les mêmes colis, mon dos est en compote !
En fin d'après-midi nous irons découvrir le quartier. Espérons qu'elle s'y habitue, qu'elle puisse se rendre toute seule chez le boulanger, au cabinet médical, au supermarché.
Elle caresse les photos, les époussette, tourne dans la cuisine, revient, me regarde.
« Ça m'ennuie que tu n'aies pas ta chambre…
- Repose-toi Maman, ne t'inquiète pas pour moi. Il fait trop chaud pour sortir, nous irons faire un petit tour plus tard. »
Elle se lève, se rassoit, regarde par la fenêtre, fébrile. Impatiente, elle regarde sa montre puis se relève et marche vers la terrasse. C'est mon endroit préféré, Maman aimera s'y installer sûrement, et s'occuper du jardinet superbement fleuri. Plantes tropicales, bougainvillées, cactus, c'est son environnement d'avant et de toujours.
« Ça sent bon… »

Les arômes floraux se mêlent subtilement à l'odeur d'une Mouna aux zestes d'agrumes confectionnée par la voisine du premier étage. Il est peut-être temps d'aller faire les présentations…

2 - La vie s'organise

Un homme jeune et affable apparaît dans l'encadrement de la porte.

« Je suis Philippe, l'infirmier. Je commence aujourd'hui chez Mme Tesson, c'est ça ? »

Je m'en veux d'être à ce point étourdi ! Quand je pense que c'est moi qui ai fixé le rendez-vous…
Il semble plaire à Maman. Pourtant elle en a soupé des infirmiers et des infirmières ! Attentif et souriant, il laisse Louise lui raconter son arrivée. Le récit est un peu haché. Je me mords les lèvres pour ne pas intervenir. Peu importe qu'elle ait passé deux ou dix ans en maison de retraite, l'essentiel c'est qu'elle soit ici, libre, avec la vie devant elle !
Philippe prend sa tension, la rassure.
« Mme Tesson, je peux vous appeler Louise ? Demain, je vous emmène à la Maison de Quartier des Charmettes, vous connaissez ? C'est très sympa, on va vous proposer une foule d'activités et vous allez faire des connaissances. Ne vous inquiétez pas, ce que l'on vous proposera est adapté à votre âge et à votre condition physique. »

Je surveille Maman du coin de l'œil. Elle nous a fait promettre, jurer que plus jamais au grand jamais, nous ne la caserions dans ces antres de la mort. Elle acquiesce. Semble inquiète mais docile.

Philippe lui tend un bras protecteur et l'accompagne vers la sortie.

« Allez, un petit tour du pâté de maison avec moi, et demain je vous embarque ! »

Philippe a la cote avec maman.

Tout baigne. Je croise les doigts. Je dois l'aider à se reconstruire une routine.

Les premières scènes de mon film se dérouleront ici, dans l'appartement. Dans une ambiance sereine et feutrée. J'imagine les contrastes de lumière, intérieur tamisé propice au repos, extérieur solaire, l'appel de la vie. Avec beaucoup de gros plans sur les yeux de ma mère : parfois préoccupés, étonnés, apeurés, souvent malicieux et espiègles. Le public va adorer ce personnage.

3 – R EPAS DE FAMILLE

Les frangines sont venues ce week-end. Sonia aussi. Comme si elles ne me faisaient pas confiance ! Même Danielle, qui a fait la route depuis le nord de l'Alsace ! Bon, j'avoue que ça m'arrange pour la cuisine et ça me distrait un peu aussi. Maman ne comprend pas grand-chose à ce que je fais, alors, question conversation c'est un peu limité.

Je ne me plains pas, elle est facile, ma mère.

Aujourd'hui, assise à la table de la cuisine, elle est triste.

Mais je vais l'associer à ma création. Maman et mes deux sœurs seront associées à la recherche des actrices qui les incarneront et porteront leur prénom.

Voilà comment j'écrirais la scène dans mon film :

Avec la vieille dame, trois femmes sont attablées : SONIA, une auxiliaire de vie et amie de longue date. Sa fille aînée, DANIELLE, qui découpe un rôti de bœuf. Sa fille cadette, ADÈLE, qui raconte des anecdotes de sa vie passée en Australie :

ADÈLE
Les plages là-bas, Maman, faut pas y mettre les pieds ! Tu vois une plage paradisiaque, eau turquoise et sable fin, tu enfiles tongs et maillot de bain, tu prépares la crème solaire. Et là, tu croises des familles qui te mettent en garde – don't swim, crocodiles, et tu t'en vas bien écœurée.
...
Les Australiens, ils sont pas très doués pour les langues, Andy par exemple, il faisait jamais ses exercices, à croire qu'il venait pour me draguer.

Pourtant, Louise est triste : Trou noir de sa vie d'avant, à l'Ehpad, à l'hôpital, et dans une maison de convalescence.

ADÈLE
Tu es contente d'être sortie du milieu hospitalier, Maman ?

Louise ne semble pas concernée par la question.
Les trois femmes tentent, avec des photos, de retracer avec elle les événements du passé lointain. Adèle très expressive, essaie de la faire rire en mimant des anecdotes de l'enfance. Danielle décrit chaque photo dans tous les détails.

DANIELLE
Maman, regarde ça, c'est moi en robe de communiante, j'ai l'air d'une sainte-nitouche avec mon regard béat, les yeux levés vers le ciel ! Il n'y avait que les cadeaux qui m'intéressaient ! Tonton Michel, semblait bien bougon ce jour-là !
...
Eh maman, tu pêchais quoi, là au lac du Boréon ? Mais oui, c'est toi, c'était le jour de la pêche à la truite !
...
Mon Dieu, la cousine Josette ! Toujours aussi fofolle, je crois l'entendre pousser des grands cris sur la place du village !
...
Le gros bébé chauve et rougeaud c'est moi ? Non, d'après la date c'est Ghislain...

La vieille dame ne semble pas intéressée, pas concernée par ce passé.

L'après-midi passe. Finalement, ses deux filles l'embrassent et quittent l'appartement.

Seule, Louise parcourt son agenda, vide, ouvre son répertoire téléphonique, tente des appels à ses amies, ses cousines.

LOUISE
Bonjour Madame, je souhaiterais parler à Suzanne ? ... Elle n'habite plus à cette adresse ? ... Désolée de vous avoir dérangée.
...
Bonjour Monsieur, je suis Louise Tesson, une vieille amie de Jacqueline... Elle est décédée ? Il y a 3 ans déjà ? ... Je suis désolée, Monsieur. J'en suis très triste, nous étions si proches...

Bip, bip, bip, des lignes occupées. Des réponses laconiques : « Non », « Inconnu à ce numéro », « Vous devez faire erreur, Madame. »

La vieille dame referme l'agenda toujours vide et le répertoire inutile.

4 – DE LA MAGIE DES FETES

L'appartement scintille de dizaines de guirlandes de Noël, de bougies parfumées, d'étoiles et de boules pailletées. Je me suis lancé dans le jeu du féerique retour en enfance, et j'avoue, j'y ai pris du plaisir. Ensemble, nous avons disposé les santons sur la paille de la crèche. Maman est radieuse. Elle s'en est bien sortie. Il n'y a que le Petit Jésus qui est allongé sur le dos du bœuf, mais comme elle insiste, on va le laisser comme ça.

C'est presque dommage que Danielle nous ait convaincus. Elle viendra nous chercher pour aller fêter Noël chez elle, là-haut dans le froid du Grand Est. Je vois bien que Maman manque d'enthousiasme pour faire son bagage.

Elle ouvre une jolie petite valise turquoise à roulettes, mais le cœur n'y est pas.

Je l'ai aidée à choisir ses vêtements. Les pulls à col roulé et les pantalons sont sur son lit, bien pliés, bien classés, mais la valise reste vide.

Assise sur le lit, Louise passe en revue l'album photos des Noël d'avant. Un doigt tremblotant caresse des personnes aimées qu'elle ne reconnaît plus. Un bébé joufflu qui rit aux anges, un blondinet sur un manège, son petit-fils qu'elle adorait.

« Et mes cadeaux, Ghislain ? Les achats ne sont pas faits, je ne peux pas partir comme ça, sans cadeaux pour

Marco, c'est mon petit-fils, quand même ! Passe-moi le téléphone !

-...

- Allo, bonjour Danielle, avant qu'on prenne la route, on pourra s'arrêter dans un magasin de jouets, je voudrais acheter des jouets en bois pour Marco. Et des billes, et une belle voiture de course... Il a passé l'âge ? Ah bon, alors tu me diras ce qui peut lui faire plaisir. À demain... Ah bon ? À la semaine prochaine ? Comment ai-je pu me tromper ? Je suis prête... Bon, tant pis, je ressors ma trousse de toilette et ma chemise de nuit. Oui, oui j'ai quand même de quoi manger ce soir. Ghislain est avec moi, il me dit qu'on va commander des pizzas, ne t'inquiète pas. À mardi alors. »

Comment ai-je pu me tromper de jour ? Que Maman ait encore quelques trous de mémoire, passe encore... mais moi qui n'ai même pas 50 ans, je me tenais prêt à partir. Mon sac aussi, est bouclé !

Il faut que je reprenne mes esprits. Cette expérience me déboussole, sûrement ! Mais oui, les vacances ne commencent que dans 5 jours !

C'est ma mère qui me perturbe. Depuis que les jours ont raccourci, elle ne veut plus rien faire. Il va falloir occuper les journées avant le départ...

5 - PELERINAGE

Louise est debout devant un grand portail en fer forgé. Elle regarde la sonnette, lève le bras pour l'actionner, hésite, renonce. Elle m'a demandé de l'accompagner mais de rester à distance.

Tapie derrière une haie de thuyas, elle épie des enfants qui jouent et s'éclaboussent. Été comme hiver, la piscine est un paradis pour les gamins.

- Maman, j'ai trop de peine pour te le dire mais... ici ce n'est plus... enfin... ça a été...

- Ghislain, regarde, le sapin est installé, au fond du jardin, c'est ce sapin-là dont je te parlais l'autre jour, le sapin lumineux étoilé ! C'est toi qui as la clé ?

- Mais Maman... »

Elle ne m'entend pas. Je ne veux pas m'approcher. C'est au-dessus de mes forces.

Une passante l'interpelle.

« Vous cherchez quelqu'un, quelque chose, Madame ? Je peux vous aider ?

- Non, rien, je me suis trompée, ce n'est pas la bonne rue, pas le bon numéro. Excusez-moi. »

Louise revient vers moi, penaude et rougissante.

« On rentre... »

Il est 17 heures. Maman est mutique. Elle ne veut pas rentrer, pas tout de suite. Elle veut s'asseoir. Sur un banc, dans ce quartier qui nous est si familier. C'est la sortie des lycées. C'était mon bahut. Elle semble perplexe face à des adolescents, écouteurs sur les oreilles, qui parlent seuls. Certains s'embrassent et se souhaitent de bonnes vacances. D'autres bougent la tête de façon saccadée. Des freins de scooter crissent devant le lycée. Des portières s'ouvrent, laissant échapper des sons à nous extraire le cœur de la cage thoracique. Boum boum, boum. Louise grimace, se bouche les oreilles, se pelotonne, se calfeutre dans son monde. Plongée dans ses pensées, elle se lève et presse le pas.

Elle ne m'adresse plus la parole. Pas un mot, pas un regard. Que dois-je faire ? M'étonner de son attitude ? Dire que je la comprends ? L'accompagner à nouveau ?

On dirait qu'elle m'en veut. Pourquoi à moi ? Rien qu'à moi ? Si je pouvais m'isoler, j'appellerais volontiers les frangines. Pour une fois, vivement Noël !

Devant la porte de son appartement, un livreur de repas l'attend. Elle refuse la livraison, dit qu'elle n'a pas faim. Il insiste.

« Vous avez tort ma p'tite dame, c'est un super menu aujourd'hui, semaine créole. Dès que vous ouvrirez les boîtes, vous serez transportée, et hop, un p'tit coup de micro-ondes, vous pouvez vous installer devant la télé et regarder votre série préférée… De toute façon, si vous refusez, c'est payé et ça va à la poubelle. Ah, voilà, c'est votre fils là derrière ? »

Je règle la commande. Maman n'est pas encore prête pour vivre seule. Livraison ou pas, elle serait capable de se laisser mourir de faim. Ils l'ont laissée sortir trop tôt ! Je l'avais dit à Danielle, pourtant… Eh Maman, pour mon film, il faut que tu sois une star, que tu souries à la vie. Pas de retour à la case départ, OK ?
Nous dînons tous les deux. Une bise.

« Bonne nuit, Maman. »

Ce soir, je monte au premier étage, dormir chez Zohra qui a une chambre d'amis. Nous avons sympathisé. Il faut tester l'autonomie de ma mère, s'écarter avec prudence, petit à petit. Tout est organisé. Quand je serai là-haut, Danielle l'appellera, on verra bien si elle répond. Ensuite, je descendrai en catimini vérifier qu'elle est bien dans son lit.

Pff ! Faites des parents !

6 - Nuit blanche

Une femme pénètre dans l'appartement de Maman, à pas feutrés. C'est Zohra. Elle a proposé de me soulager dans ma mission, au moins pour une nuit. Elle me trouve blafard, les traits tirés. Même si c'est son tour, je lui emboite le pas. J'ai besoin d'inspiration pour la suite de mon scénario.

J'étouffe un bâillement, bloque ma respiration. Il est 3 h 00 du matin. Louise est encore devant la télévision. Les images défilent, son regard est absent. Le téléphone sonne encore et encore. Elle ne répond pas. Zohra toussote pour attirer son attention, chuchote son nom. Chantonne. Je sifflote sans conviction. Elle ne répond toujours pas.

« Madame Tesson, n'ayez pas peur, je suis Zohra, votre voisine. Vous n'êtes pas couchée ? Votre téléphone ne marche pas ? Votre fille est morte d'inquiétude. Elle était sur le point d'appeler les pompiers. Tenez, je vous la passe... »

Louise s'effondre dans mes bras. Ses sanglots convulsifs inondent mes joues creusées par des nuits d'insomnie. Je me revois blotti contre elle après une journée d'école mouvementée, j'entends encore ses mots apaisants et mes promesses ingénues d'enfant aimant. Je me dis que la roue de la vie grince et s'effrite sous le poids des années et soudain, je maudis les prolongations que nous font subir tous ces médecins, et je déteste l'embryon de mon film cahotant, lancinant.

« Vivez maintenant » a dit le professeur. C'est ça la vie qui attend ma mère ? Escortée, scrutée, pistée ? À quoi bon, tant de souffrances ? Combien de temps restera-t-elle prostrée, toutes les nuits, sur son canapé ?

7 – OBSESSION

Je pense que Maman me fait la tête.

Elle n'a pas souhaité que je l'accompagne aujourd'hui, mais je sais où elle va. Pas question que je la perde de vue. Je la suis de loin, à peine camouflé. Elle marche à petits pas, obsédée par une idée fixe.

Louise est debout devant le même grand portail en fer forgé. Elle arpente lentement le trottoir le long de la haie, inlassablement. Elle s'arrête devant la boîte aux lettres, colle ses lunettes embuées sur l'étiquette qui porte le nom des occupants de la maison. Elle fouille dans son cabas, inquiète, absorbée. Elle en sort un papier rose qui lui colle aux doigts. Elle le lit, le relit, le plaque sur la boîte aux lettres, occultant le nom des étrangers.

À petits pas pressés, Louise s'éloigne, un sourire en coin.

Vite, elle est au bout de la rue. Un œil sur ma mère, l'autre sur le post-it, fraîchement appliqué. Que demande-t-elle ? Un rendez-vous ? Ma mère ne réclame rien. Elle affirme. À cette adresse, désormais, habitent Jacques et Louise Tesson.

8 – SUR LES ROUTES

Et voilà les vacances « tant attendues ». Le premier Noël de maman hors des murs.

Je me ronge les ongles. Mes bras sont couverts de plaques d'eczéma. Je suis passé aux anxiolytiques pour pouvoir trouver le sommeil. Je suis en manque de tournages, de montages et de création.

Le film sur la guérison de maman ? Je le veux pétillant. Maman, en ces temps, assèche mon inspiration. Je ne veux pas lasser mes spectateurs d'images fixes sur une vieille dame qui s'ennuie, qui ne se complaît que dans la mélancolie du passé.

Nous sommes tous attablés dans un restaurant de bord de route. Louise semble absente et indifférente. Elle boude un copieux steak frites et passe sa part à son Adèle. Elle goûte du bout des lèvres le fondant au chocolat. Repousse le *café ristretto* apporté par un serveur jovial.

Un léger manteau de givre recouvre la nature environnante. Louise, emmitouflée dans une couverture duveteuse, somnole à l'arrière de la voiture, bercée par des chants de Noël traditionnels.

Danielle conduit. Mon neveu Marco sert de copilote.

« Mamie, on change de musique ? Qu'est-ce que tu veux écouter ?

- Laisse la musique et les comptines de Noël. Remets *La petite marchande d'allumettes.* »

Les yeux fermés, Louise semble apaisée.

9 – JOYEUX NOËL !

Louise est étendue sur le canapé du salon. Au coin du feu. Le poêle à bois ronronne. Le sapin de Noël clignote. Parenthèse cocooning. Image d'Épinal de la douceur de vivre en famille, du retour en enfance. Dehors, la neige tombe à gros flocons. Avec mes sœurs, nous savourons l'atmosphère de ces moments recréés. Les absents s'invitent dans nos souvenirs. Cette année, Maman est avec nous. Ressuscitée.

La magie s'estompe, repoussée par un avenir à régler. C'est maintenant ou jamais, pour une fois que nous sommes ensemble ! Maman somnole, c'est le moment de se retrouver en cuisine.

Comment vais-je aborder le sujet ? Expliquer à Adèle et Danielle que je fais de mon mieux pour que Louise s'adapte à sa nouvelle vie ? Que je fais une pause dans mon travail mais que je ne tiendrai pas longtemps ? Mon film, je n'ai pas osé leur en parler. C'est ma soupape à moi. Je m'occupe et j'existe tout en faisant mon devoir de fils. Je balbutie quelques mots, la réponse fuse.

« Tu vois bien que ce n'est pas possible, Maman n'est pas assez autonome pour s'habituer ici, en Alsace, il fait bien trop froid. Là-bas, il fait beau tout le temps, elle commence à connaître son quartier, sa voisine ! Moi j'ai trop de travail, je suis en visioconférence presque tout le temps maintenant, je n'aurai pas le temps de m'occuper d'elle. »

Danielle n'a pas tardé à rétorquer. Je suis sûre qu'elle avait préparé ses arguments. Elle a beaucoup donné, c'est vrai, mais elle a une vie stable et puis elle sait bien…

« Je sais que je devrais faire ma part, mais j'ai une série de tournages cette année pour une fois, on termine tard, comment veux-tu que je fasse ? Je ne peux quand même pas l'emmener sur les plateaux ! »

Danielle et Adèle se regardent. Je lis dans leurs pensées. Mon statut d'intermittent du spectacle m'explose à la figure. Qui dit intermittent dit de longs mois payés grassement à ne rien faire. Quelques projets à écrire que l'on peut mener de front avec la garde d'une dame facile à vivre. Qui plus est, s'avère être ma mère. La petite sœur se sent concernée aussi, il est grand temps !

« Pareil pour moi. Quand je vais faire mes cours, Andy est à la maison et comme toi, Danielle, il télétravaille, et en plus il ne parle pas français, je ne peux pas lui imposer Maman, et je ne peux pas compter sur lui en cas de problème. Je suis rentrée d'Australie pour être plus proche, mais je ne peux pas me substituer à une auxiliaire de vie ! »

Nous voilà tous trois dans la panade. Psychologues et médecins pensent que Maman est autonome. Comme si ça revenait tout seul, l'autonomie, après tout ce qu'elle a vécu. Que peut-on faire ? L'Ehpad, pas question. Une résidence services ? Une famille d'accueil ?

Les pommettes de Danielle virent au rouge cramoisi. Je sens qu'elle a décidé de ne pas se laisser faire.

« Maman refuse toutes ces solutions, j'en ai parlé avec elle. Elle me dit que ça ira, d'une voix monocorde. Je vois bien qu'elle ne prend plus d'initiative toute seule, j'ai peur qu'elle sombre dans la dépression… J'ai demandé à Sonia si elle voulait bien l'accompagner à mi-temps par exemple, mais Sonia a essayé de lui rendre visite, et elle se sent inutile sur cette étape. En plus, Maman refuse d'être assistée au quotidien.

- Vous parliez de moi ? »

Louise la miraculée émerge après une sieste bienfaisante. Combien de familles rêveraient de voir leurs parents âgés remonter le temps, recouvrer leurs facultés, passer de nombreuses fêtes de fin d'année dans la douceur des foyers !

Il est temps de passer à table. Une table de fête décorée d'étoiles dorées, d'angelots et de Pères Noël.

Un chapon dodu, doré et luisant, accompagné de pommes et de marrons trône sur la table. Un *Jingle Bells* nasillard repris par maman, puis *Douce nuit* et *Petit Papa Noël*. En bout de table, Marco jette des coups d'œil machinaux à un Smartphone posé sur sa cuisse. Pour mon film, une scène un peu « cucul », mais à garder.

« Mamie, regarde cette vidéo, tu vas rigoler ! Mamie tu m'entends ? »

Louise ne répond pas aux sollicitations du jeune homme qui l'appelle Mamie. Elle ne semble pas concernée. Elle observe ce jeune adolescent imberbe et boutonneux, comme si c'était un invité extérieur. Mais elle se régale, et nous regarde, nous ses trois enfants avec ravissement.

« Adèle, ce repas est un délice. Tu es un vrai cordon-bleu, tu tiens de moi ! Allez, on trinque ! Tchin tchin !

- Merci maman ! Tu sais, c'est en Australie que j'ai appris à cuisiner, quand j'ai dû me débrouiller toute seule ! Mais le dessert, c'est pas moi, ça vient du pâtissier du village. »

Une flûte. Deux flûtes. Notre mère revit. Tant pis si c'est un peu convenu. Noël reste Noël. Eh oui, le voilà, le plat culte du jour ! Une bûche bien crémeuse alourdie de décorations brillantes et de sapins blanchis.

« Maman, tu devrais arrêter le champagne ! »

Je suis vraiment en dessous de tout. Complètement oublié qu'un médicament de Louise ne fait pas bon ménage avec l'alcool. Elle pique du nez, et alors ? Elle a pris du bon temps !

Louise, mâchouille la bûche, boude, baisse la tête, ferme les yeux. Soudain, un râle, des sanglots. Irrépressibles et spasmodiques. Est-ce qu'elle s'étouffe ? Hyperventilation ?

« Maman, ça va ? »

Danielle lui tient la main, prend son pouls. Adèle se précipite sur son téléphone ;

« J'appelle le 115 ? »

Louise est consciente, elle fait non de la tête. Veut parler, les mots ne sortent plus.

« Respire maman, tu parleras après. »

Des sanglots, un soupir, un haut-le-cœur. De grosses larmes strient les joues de Louise. La crise semble s'apaiser.

« Je veux rentrer chez moi, j'ai quelque chose à prendre dans la bibliothèque. Je vais bien, c'est tout ce qui me manque, ma maison, ma vraie maison. »

10 – GUEULE DE BOIS

Les filles ont compris qu'elles ne pouvaient pas me laisser gérer la situation tout seul. Balèze, le problème. Elles sont là, avec moi dans le Sud. Danielle en congé sans solde, Adèle en chômage partiel. On squatte chez des amis, on se relaie auprès de Louise. Mon film est à l'arrêt.

Adèle connaît un psychologue spécialiste en Gériatrie. Maman a accepté de suivre la petite dernière. Elle a le chic pour l'entraîner dans ses délires.

Les séances se suivent. Je ne sais pas si elles se ressemblent. Maman tourne en rond, toujours avec la même obsession : rentrer chez elle. Nous changeons toujours de conversation. Faut-il lui rabâcher une vérité qu'elle connaît ? Elle sait d'où elle vient. Elle est consciente du nombre d'années passées en résidence, à l'hôpital, en réadaptation. Elle a entendu nos décisions. Mais elle veut rentrer.

11 - THERAPIE

Adèle a rencontré la psy de maman. Elle s'est entretenue seule avec elle, puis elles ont passé une bonne heure toutes les trois. Maman va retourner dans notre ancienne maison. Elle sait qu'elle est occupée mais elle reverra les lieux. Ça m'inquiète terriblement. Et si elle est inconvenante avec les nouveaux propriétaires ? Et si elle est choquée ? Ne va-t-elle pas sombrer dans la dépression ? Je l'accompagnerai ainsi qu'Adèle. Je resterai en retrait, prêt à intervenir en cas de problème. À moi aussi, ça va me faire drôle.

Cet épisode sera la scène charnière de mon film. Un tournant dans la nouvelle vie de Louise.

Extérieur Jour. Quartier résidentiel

Louise et Adèle se tiennent debout devant le grand portail en fer forgé et sonnent. Elles sont accueillies pas un couple d'une quarantaine d'années. Tous deux souriants, ils semblent un peu gênés.

ADÈLE :
Nous vous remercions de bien vouloir nous accueillir quelques instants. J'apprécie votre compréhension. Je vous présente ma mère, Mme Tesson, qui occupait cette maison jusqu'au décès de mon père. Elle y a vécu pendant trente ans.
(En aparté) Veuillez excuser ma mère pour le changement de nom sur la boîte aux lettres.

Ils arpentent le jardin comme s'il s'agissait d'une visite pour un achat immobilier. Louise reste en arrière, observe les plantations, renifle les herbes aromatiques. Elle s'extasie devant le treillage de bougainvillées, caresse le lilas des Indes. Elle s'attarde devant la piscine, écoute poliment les anecdotes des occupants, sourit en coin aux deux blondinets qui viennent la saluer. Sans attendre l'autorisation des propriétaires, elle s'installe sur le banc de jardin en métal noir. Son regard parcourt les lieux.

LA PROPRIÉTAIRE :
Nous nous plaisons vraiment ici. Bon, la voisine d'en bas sur la droite est un peu envahissante et dit que nos arbres font de l'ombre sur son terrain. Mais à part ça, le quartier est très agréable, à la fois calme et animé... On entend de plus en plus d'avions quand même, nous avons fait une pétition contre les survols abusifs, ça suit son cours...

La visite de l'intérieur ne dure que quelques minutes. Louise ne semble pas passionnée par les commentaires exaltés de la propriétaire. Elle parcourt chaque pièce d'un air distrait, à petits pas rapides. Elle ne semble pas concernée.

LA PROPRIÉTAIRE :
Une merveille cette cuisine, nous avons les mêmes goûts ! Fonctionnelle, et ce rouge basque est ravissant. Un plaisir de cuisiner dans un si beau décor !

Louise, à peine polie, s'éclipse et nous la suivons vers la chambre du rez-de-chaussée. Par discrétion Adèle et la propriétaire la laissent évoluer dans cet espace qui était le sien. Elle y reste quelques minutes. Elle semble à la fois déçue ou gênée.
Louise et Adèle saluent et remercient. Louise est raide et figée. Elle semble embarrassée.

LA PROPRIÉTAIRE :
Revenez une autre fois, si vous le souhaitez !

Le grand portail se referme sur Louise et Adèle

ADÈLE :
Maman, qu'est-ce que tu caches sous ton manteau ?

Louise, rougissante, occulte sous les pans de son vêtement un objet plat qu'elle ne souhaite pas partager avec ses enfants.

12 – Apprentissages

Cela fait une semaine que maman ne demande plus à rentrer chez elle.

J'ai libéré Danielle qui est repartie dans le Grand Est et j'ai repris le cours de ma mission. Adèle va me prêter main-forte. Il faut que Maman reprenne goût à la vie. Ce n'est pas gagné. Je m'attelle à l'élaboration de mon film. Ça prend forme.

Il est à peine 10 heures du matin. Louise est dans son lit. Les yeux rougis, elle se tourne et se retourne. Elle fixe le plafond d'un regard vide. Elle se lève et va s'asseoir dans la cuisine. Elle se tient le dos qui la fait souffrir. Elle boit un verre de lait chaud, met ses lunettes, regarde son agenda vide.

Cet agenda, il faut le remplir.

« Maman, regarde. Sur cette brochure, tu coches ce qui t'intéresse. Tu essaies, ça ne t'engage à rien. »

En une seule séquence, sur les écrans, je donnerai à voir une Louise décidée qui goûtera à une multitude de passe-temps. Le public la suivra dans la découverte de sa nouvelle vie.

<u>Intérieur Jour. Nice. Ateliers</u>

Louise surfe d'activité en activité sous la houlette d'Adèle. Un atelier poterie qui se solde par un bol biscornu et une cruche ébréchée. Un atelier Pergamano que Louise quitte au bout de 10 minutes.

LOUISE :
Je vais devoir vous quitter, mes mains tremblent, je ne pense pas que ce soit la bonne activité pour moi.

Même souci pour la broderie, l'encadrement et le tricot. Louise souffle, baille, ses mains tremblent. Elle pose ses ouvrages sur la table d'un air dépité.
Un atelier Triomino semble l'intéresser. Adèle ne cache pas sa joie.

ADÈLE :
Sympa, maman cet atelier, on y retourne la semaine prochaine ?

LOUISE :
Pas question, ma fille, ce sont toutes des mégères, et elles trichent.

Adèle conduit sa mère à une répétition de chorale. On la voit s'entretenir en douce avec le chef de chœur.

> ADÈLE :
> Vous êtes mon seul espoir. Maman a toujours adoré chanter. Elle connaît beaucoup de chansons et devrait y prendre du plaisir.

On voit Louise qui participe activement du début à la fin de la séance.

<u>De retour, dans la voiture :</u>

> LOUISE :
> C'était comme quand j'étais chez les vieux impotents.

<u>Intérieur Jour. Salle de Maison de Quartier.</u>

Louise a rejoint un groupe de personnes de tous âges, une majorité de femmes, quelques-unes ont comme elle plus de 70 ans. Tous sont assis autour d'une grande table à l'écoute d'une animatrice dynamique, bienveillante, souriante. Sur la table, de nombreux livres, quelques dictionnaires. L'animatrice parle, les participants écoutent, prennent quelques notes.
L'animatrice se tait et se retire dans ses lectures. Les participants se concentrent, noircissent leurs carnets. Certains semblent inspirés, d'autres plus hésitants, quelques feuilles blanches et des regards dépités.
Louise écrit quelques lignes, soigne son écriture. Ses mains ne tremblent pas. Elle trace minutieusement de belles lettres penchées, comme dans les correspondances amoureuses des dames d'un autre siècle. Un sourire en coin éclaire son visage, elle semble prendre plaisir à l'activité. Quelques participants livrent leur création au groupe. D'autres passent leur tour. Louise hésite et préfère se taire. La séance est terminée, la salle se vide. Louise s'attarde.

L'ANIMATRICE :
Ça vous a plu, Louise ? Ne vous inquiétez pas, vous avez le droit de ne pas lire, vous avez aussi le droit de ne pas écrire si vous n'êtes pas inspirée. Tenez, sur ce fascicule, vous trouverez des jeux d'écriture amusants pour vous entraîner si vous le souhaitez. À la semaine prochaine, j'espère !

Louise ouvre son sac et montre à l'animatrice un cahier couleur parchemin. Toutes deux le feuillettent, sourient.
Louise semble satisfaite et épanouie.

Intérieur Nuit. Appartement de Louise.

Louise soulève son matelas et exhume le cahier à la couverture défraîchie. Elle tourne les pages. Le carnet comporte des écrits à peine lisibles. On reconnaît une écriture soignée à l'encre fanée par les ans. Le cahier est à moitié rempli.

Louise est sereine. Sa main, qui ne tremble plus, noircit des pages et des pages au fil des jours et des nuits.

C'est sur ce dernier plan que s'achèvera le film en hommage à la deuxième vie de ma mère. Vous l'avez compris, ma production comporte un avant et un après. Ma mère en sera la vedette et l'auteure. Une création de famille. Elle exhibera son journal intime, le carnet qu'elle a retrouvé dans un tiroir secret de la bibliothèque dans son ancienne maison. Lors de l'avant-première, à la sortie de la salle, les spectateurs pourront assister à la conférence des scientifiques qui l'ont suivie et acheter son recueil de textes. Ses écrits d'avant et d'aujourd'hui.

Je lui devrai la célébrité.

-4-

LOUISE
OU LE POUVOIR DES MOTS

*« Tout ce qui est écrit continue de vivre ;
tout ce qui n'est que parler meurt ».*

Proverbe oriental

15 avril 2019

Cher journal,

Je reviens vers toi, de nombreuses années plus tard. Je suis une vieille femme usée et je reviens de loin. Je ne vais pas te raconter mes journées, elles n'auraient ni le piquant ni la fougue de l'adolescence. Comment décrire ces dernières années au cours desquelles j'ai perdu tout contrôle sur mon existence ? Qui s'intéressera à la résurrection de mes méninges ? Les scientifiques ont relaté à merveille ce qu'ils nomment un miracle de la médecine, une avancée planétaire. Je ne sais pas si je dois les remercier de m'avoir choisie comme cobaye. Je suis là, posée dans une nouvelle demeure, à l'aube d'une nouvelle vie à remplir. Un océan de tristesse et des petits moments de joie. Tout n'est plus comme avant. Mon entourage me porte toute l'affection nécessaire pour m'aider à me reconstruire. Ils me donnent beaucoup d'amour, m'accordent une bonne partie de leur temps. Je sais, je devrais leur en être reconnaissante, mais je n'arrive pas à trouver ma place. Ils ont tous changé.

Toi, mon cher journal, tu es le même, un peu jauni peut-être, mais je te retrouve. Il n'était pas question que je t'abandonne dans le tiroir secret de la bibliothèque ! Pour te rendre hommage, je vais me livrer à un petit échauffement, qui me montrera, espérons-le, le chemin à suivre. Il y a bien longtemps que je n'ai pas écrit. Ce soir, je suis fatiguée, je commence par un petit exercice facile trouvé dans le fascicule de « Jouons avec les mots ».

*

Mon nom est Louise, mon nom commence par un L…

Libellule
Libre
Lovée
Lessive
Livre
Laisser-aller
Lâcher prise
Lit
Lavabo
Livre
Loup
Limace
Léthargie

C'est vraiment facile et amusant, je jouais à ce jeu-là avec mes parents. J'ai bien envie d'avancer dans le livret d'entraînement.
   Tiens, des acrostiches !
   Vous vous rappelez les enfants, sur la route des vacances, nous en faisions des acrostiches et j'adore ça !

*

Acrostiches des amours de ma vie

Je commence par moi, Louise

Libre comme l'air
Organisée
Un peu coquine
Insolente parfois
Silence !
Excellente pourtant…

Et puis Jacques, mon cher époux

Jovial
Amoureux de moi, c'est tout
Câlin
Quel bel homme !
Unique
Extraordinaire
Sans lui tout s'assombrit

Mon premier bébé, Danielle

Débrouillarde
Attachante
Naïve oh oui !
Irritable aussi
Esthéticienne, son premier projet
Laborieuse
Loyale
Éclaire ma vie dès sa naissance

Son petit frère, Ghislain. Nous avions une fille et un garçon, c'était le choix du roi !

Gâté, un peu trop
Heureux
Indépendant

S'il m'avait écoutée !
Loufoque
Animateur dans l'âme
Intuitif
Nerveux

    Et voici la benjamine, Adèle

Aventurière
Dégourdie
Enseignante
La petite dernière
Effrontée

    Et ma très très chère amie, Sonia

Souriante, toujours
On l'aime, c'est tout
Nounou dans l'âme
Indispensable
Ancrée dans ma vie

*

3 mai 2019

    Il faut de la volonté pour écrire tous les jours…
    Aujourd'hui, ce n'est pas la grande forme. Je reviens de chez le médecin qui s'extasie sur mes capacités mentales. Mais je sens le vieillissement qui prend place, qui doit être installé depuis longtemps en fait, et qui se

fait sentir avec l'arrêt progressif de tous les médicaments. Les articulations de mes mains sont noueuses et endolories. Mon dos brûle à chacun de mes pas, quant à mon audition... Je me retrouve avec une multitude d'ordonnances et de rendez-vous à gérer : audio prothésistes, kinésithérapeute, gastro-entérologue. L'agenda se noircit de moments peu agréables. J'ai suivi les encouragements de Ghislain, je suis retournée à l'atelier d'écriture. Voici l'activité du jour, ça tombe bien j'étais inspirée :

Quand j'étais jeune

Quand j'étais jeune je courais
Je riais, j'exultais, je m'extasiais
Je rêvais du présent, de la vie qui sourit.

Quand j'étais jeune le rire effaçait les moments tristes, les morts sur le front
Je ne les oubliais pas, quand j'étais jeune, mais le rire m'entraînait, radieuse, vers un monde meilleur.

Quand j'étais jeune, un peu moins jeune, déjà femme.
J'ai aimé, une fois, et c'était le bon. Un peu moins jeune, j'étais heureuse et riais toujours
De petits riens parfois, des gros bonheurs, quand j'étais bien avec les uns et les autres, je riais.

Quand j'étais jeune les blessures cicatrisaient en musique
Les mélodies des petits et des grands, cristallines ou grinçantes, accompagnaient les projets construits ou loufoques tournés vers l'avenir.

Quand j'étais jeune c'était avant

mais c'est aussi maintenant
isolée dans ma jeunesse les notes se sont tues.

*

5 mai 2019

Je ne sais pas pourquoi je me remets à écrire. Qui lira les mots d'une vieille femme ? Je ne sais pas, mais ça me fait du bien. Quand j'étais jeune j'aimais les livres, j'aimais écrire mais je n'aimais pas la poésie. « Compte les pieds » il me disait le professeur. Quatrain, tercet ? Métaphore, pourquoi ? Qu'est-ce qui rend le texte poétique ? Toutes ces questions m'ennuyaient, le seul intérêt d'y répondre était d'avoir une bonne note.

Hier, j'ai boudé le cadeau des enfants pour mon anniversaire. Un livre à la couverture en velours vert égayé de pagodes japonaises noires et rouges. Mes pauvres enfants… Ils ne savent plus quoi faire pour me faire plaisir. Ils ont pleuré, tous les trois, quand je leur ai reproché d'avoir vendu la maison. De quel droit ? À croire qu'ils m'avaient enterrée vivante…
Mais on pardonne toujours à ses enfants…
En tournant les pages j'y ai découvert des petits textes en strophes de trois vers. On les appelle les haïkus, en fait c'est rigolo.
À moi :

Haïkus par Louise Tesson

Fier mon corps déchu

vaillamment se bat pour toi
vie décolorée.

Donne de la joie

aux fourmis qui se battent
Pour moi, éreintée.

Jours heures minutes

secondes dans la brume
Évanescentes

Exploit écrasé

mazette, roue de la vie
oh mémoire détestée

Oubli bonheur fou

Dans ma liste au Père Noël
J'ai été sage !

Rémission douleur

Hop, je dois errer sans peur
vers la galaxie du rien

Enfant transparent

Accours sécher tes larmes
peau douce velours

Bébé à naître

Te tracasse pas petit.
Je suis ton fardeau.

*

8 juin 2019

Ce téléphone qui sonne sans arrêt, ça me fatigue. « Tu as besoin de quelque chose Maman » ? « Besoin de rien, envie de pas grand-chose, qu'on me laisse tranquille avec mon confident. J'appellerai si besoin et si j'ai envie… »
Cher journal, comment veux-tu que je sois tranquille, à dialoguer avec toi ? Je n'ai plus envie qu'on m'appelle trois fois par jour pour savoir si je vais bien, je n'ai plus envie de passer ma vie chez les médecins, je n'ai plus envie de faire des points hebdomadaires avec les Professeurs, je n'ai plus envie de répondre aux journalistes, j'ai envie de quoi en fait ?

La liste de mes envies

Un chapeau de paille
pourvu qu'il m'aille
Une bonbonnière à garnir pour faire plaisir
Un tourne-disque si ça existe
Des sucres d'orge blancs et roses, ça, ça vaut de l'or
Un rouge à lèvres

et un caramel mou.

La cafetière de ma grand-mère
ou celle de mon père
un verre fumant du matin clair
Un chant d'oiseau sur le vieux phono
j'ouvre et il fait beau.
Des pinceaux, une palette,
pour me faire belle
et deux caramels mous.
Un coffre en bois acajou
grotte de mes histoires à moi
Des foulards de soie
baumes, onguents, sent-bon et rubans
un jeu de billes pourquoi pas
une trottinette, un fou rire
Et trois caramels mous
Un élixir d'oubli
pour aimer la vie.
Un nez de sorcière et je me fais la belle
Un tricot entamé, Mesdames les mites
savez-vous où j'habite ?
Un fusil de chasse sans son chien
sans bang pif boum
Juste un chaud brouet

Et tant de caramels mous…

*

10 juillet 2019

L'été s'est installé. J'ai supplié les enfants de prendre des vacances. Qu'auraient-ils fait d'une vieille femme aux jambes gonflées et au dos courbé qui refuse la canne, le déambulateur et le fauteuil ? Je traîne mon ennui et mes sandales orthopédiques sur la promenade. La balade est ponctuée de longues pauses sur les bancs bleu turquoise de la ville. J'ai une nouvelle amie, disons une connaissance. Elle s'appelle Yvette, elle a cinq ans de moins que moi. Je sais qu'elle revient de loin, mais n'a pas voulu m'en dire plus. Nous marchons bras dessus bras dessous, tôt le matin ou juste avant le coucher de soleil. Yvette ne parle que chiffons. Elle m'amuse et s'occupe bien de moi, mais elle ne m'intéresse pas. Ça me permet de parler à quelqu'un. Nous partageons notre solitude au son de la cacophonie musicale balnéaire ; des sons venus d'ailleurs crachés par les voitures décapotables, les paillotes et les enceintes portables d'individus cramoisis luisants de graisse solaire.

« Boubous, lunettes, sacs à main, boissons fraîches, ça te dit la gazelle ?

- Poussez-vous les mamies, vous êtes sur notre chemin ! »

Rollers et trottinettes font la loi aujourd'hui sur ce front de mer que j'aimais tant quand Jacques et moi venions admirer le coucher de soleil. Je me souviens comment les flots bleu azur devenaient gris perle, puis gris paillette – c'était l'expression de Jacques — quand le soleil rasant du crépuscule irradiait les îles de Lérins. Aujourd'hui les vaguelettes bleu intense sont ourlées d'une vilaine écume jaunâtre aux relents de Nivea.

Nous mangeons une glace italienne tous les jours, fraise, vanille, chocolat, et nous alternons. Avant mon passage aux Strelitzias, Sonia m'emmenait chez Fenoccio, le meilleur glacier de Nice avec des dizaines de parfums extraordinaires, de la glace au basilic, aux pignons de pin, coquelicot, et surtout mon préféré, fleur d'oranger. Le cône crémeux que m'offre Yvette aujourd'hui reste dans le creux de mes joues, c'est vraiment écœurant. Sonia n'est plus là. Elle a pris de la distance, elle est rentrée dans sa famille au Portugal, il y a des soucis là-bas. Ma relation avec Yvette rassure les enfants. Ils ont repris le cours de leur vie et moi aussi. Je suis très suivie, trop suivie mais c'est bien comme ça, tout le monde est content.

« Allo Maman ? Ils ont annoncé trois jours de canicule. Pense à fermer les volets, reste chez toi le plus possible, mets la climatisation et pense à boire ! »

Ce ne sont pas quelques degrés de plus qui vont avoir ma peau. Et dès le 15 août, viendront les brumes de chaleur, les orages sur les montagnes, et moins de monde sur les plages. Tout comme avant.

*

28 octobre 2019

Que penses-tu de mon écriture, cher journal ? Et de mes poèmes ? Tu n'as pas tout compris ? Moi non plus, mais ça m'amuse.

Crois-tu que mes poésies amuseront mes enfants ? Quand ils débarrasseront une nouvelle fois l'appartement, quand ils statueront sur les objets qu'ils voudront récupérer, ceux qui iront au Secours Populaire ou dans la benne à ordures, prendront-ils le temps de te feuilleter, de t'explorer ? En ce moment ils ne s'intéressent qu'à mes souvenirs. Ils sont vraiment obsédés par ma caboche et ce qu'elle a laissé filer.

« Tu t'en souviens Maman ? » Je l'ai tant entendue cette question ces derniers temps, le vide a causé tant d'angoisses en moi que j'ai souvent répondu « oui », pour leur faire plaisir, pour me rassurer. Aujourd'hui s'entrechoquent des réponses que j'aurais aimé fournir en temps voulu. Les souvenirs vont et viennent dans tous les sens mais ils sont là.

Je les aime, mes petits. Je vais leur faire une liste.

Comme Georges Pérec, je me souviens…

Je me souviens des bals du village que ma sœur et moi fréquentions en cachette de notre père, avec la complicité de notre mère.

Je me souviens de la petite fille juive que je gardais, j'avais 12 ans, un jour elle a disparu.

Je me souviens de mon maître d'école, sévère mais juste, qui déchirait nos cahiers à chaque faute d'orthographe.

Je me souviens quand je montais vaillamment la montagne, skis sur l'épaule, deux grandes planches de bois aux étriers métalliques qui me meurtrissaient l'épaule.

Je me souviens de l'orange et des sucres d'orge que déposait le Père Noël au pied du sapin.

Je me souviens de notre virée familiale aux châteaux de la Loire quand mon père ordonnait la lecture à voix haute du Guide Vert et que je bâillais à gorge déployée.

Je me souviens de mon mariage avec Jacques, du cortège nuptial dans la rue principale du village.

Je me souviens quand j'ai accouché de Danielle, avec Joseph, mon médecin qui m'a accompagnée jusqu'à la délivrance, tranquille, comme il se doit dans tout acte naturel.

Je me souviens des rires des trois enfants sur la banquette arrière de la voiture, des rires qui se terminaient en disputes et bagarres à la nuit tombée.

Je me souviens du jour où je me suis retrouvée seule dans ma grande maison, mes trois oisillons avaient quitté le nid, Jacques travaillait et une nouvelle vie devait être réinventée.

Je me souviens du cimetière où repose Claire, ma meilleure amie, puis Michel et puis Raymond, Josette, Andrée et… Jacques.

Je me souviens d'avoir eu des hallucinations, des vertiges et un grand trou noir.

Tous ces souvenirs, je pourrais en écrire des pages. Tous ? Presque, sauf pour le trou noir.

*

Je me souviens d'un trou noir. Des pans de ma vie évaporés, des anniversaires et fêtes de Noël engloutis dans un brouillard épais. Dans ce trou noir, des fissures et interstices, quelques flashs, comme ceux de la tendre enfance. Je me revois dans un bâtiment blanc, comme un ours en cage, heurter des murs sans fenêtre, suivre des voix familières, des échos fantomatiques, monter et descendre d'un ascenseur, scruter des visages déformés. Je me souviens de l'odeur d'urine, de voix de déments, de câlins bienveillants, de bourdonnements incessants, épuisants, autour de ma personne. Je me souviens d'une grande fatigue. Je me revois, pantin désarticulé, soumise à des séances de déshabillage, d'habillage, de massages et tripotages divins ou douloureux. J'entends des voix chantantes, des voix de blouses blanches égrenées dans l'espace. S'adressent-elles à des enfants, des malentendants ? Je me revois, la haine au ventre, rouge de devoir subir tant de condescendance. Je vois des visages masqués aux creux de l'hiver et je respire encore leur sueur. Des mains qui serrent la mienne, des étreintes aimantes ou convenues, je ressens encore les instants d'angoisse et de bonheur de ce trou noir.

Mais je me souviens aussi de ce que j'ai mangé à midi, un bœuf-carotte et une crème vanille. Je me souviens aussi qu'Adèle est venue hier, a passé l'après-midi avec moi, qu'elle m'a parlé anglais et que je comprenais quelques mots. Je me souviens que la semaine dernière j'ai fait mon bilan santé à l'hôpital et que tout va bien. Je me souviens que j'ai été invitée chez Yvette et que c'est à moi de rendre l'invitation. Je me souviens que demain s'il fait beau, nous irons avec Ghislain prendre des photos du coucher de soleil. Je me souviens que nous venons de changer d'heure, que les soirées sont longues et que je n'ai pas encore remis le réveil de la chambre à l'heure ; cela pourrait me jouer des tours ! Je me souviens que le chauffagiste n'est pas encore venu réviser la chaudière et que je dois le relancer ; Danielle veut le faire pour moi, comme si j'étais incapable ! Je me souviens du code de ma carte bleue, de celui de mon portable, de mon identifiant France Connect. Je ne me souviens pas de tous mes autres codes mais ils sont consignés dans le grand classeur bleu. Je me souviens que je ne dois pas donner ces codes par téléphone, même à la banque. Je me souviens que je ne dois pas ouvrir la porte aux démarcheurs, que je dois regarder par le judas avant d'accueillir mes proches. Je me souviens de tant de choses, les courses à faire, les anniversaires à souhaiter, la poussière sur les bibelots, les confidences d'Adèle, les choses dont on ne parle pas, les amours des uns, les fâcheries des autres, des chansons d'avant, des comptines et des légendes, de Sonia qui s'annonce pour mardi prochain – quelle joie !-, de la femme de ménage qui vient demain, vite je dois ranger.

Je me souviens de tant de choses lointaines et récentes, je sens la migraine qui s'installe, qui tape dans ma tête rafistolée. Et si je me souviens bien, on m'a conseillé de dormir pour mieux me souvenir.

*

12 novembre 2019

Et vous mes chers enfants vous souvenez-vous ?
Vous étiez parfois à mes côtés, souvent pressés, toujours distraits. Un appel, quelques courses, un

planning chargé, un anniversaire à souhaiter, mais je n'étais pas délaissée. Dans un brouillard, ma maison se vidait, des meubles emportés, des visiteurs inquisiteurs à l'affût dans tous les recoins, même les plus intimes, mon jardin photographié, mes vêtements étiquetés à mon nom Louise Tesson, tous cousus par Sonia aux yeux gonflés. Vous souvenez-vous de mes valises époussetées, remplies, l'une pour les vêtements d'été, l'autre pour les vêtements d'hiver, et sur chaque vêtement jusqu'aux chaussettes, toujours mon nom, Louise Tesson.

Un monsieur était venu, bien gentil, bien poli, et j'ai signé à plusieurs endroits, signature, initiales, confiante et souriante, nous allions tous passer quelque temps dans une belle maison, vous m'aviez dit. Vous souvenez-vous, vous étiez tous là avec moi, l'un démontant les meubles, l'autre décrochant les tableaux, la troisième l'aspirateur à la main. Vous souvenez-vous d'un soir, je crois que c'était le dernier, nous dormions tous sur des matelas, même moi. Ma commode et ma table de nuit étaient déjà parties là-bas, je les avais choisies, deux maximum, on m'avait dit. Des cadres photos sur les murs ne restaient plus que des clous ou des trous et je trouvais ça très moche, et je n'arrivais pas à trouver le sommeil.

*

5 mars 2020

Cher journal,

Je n'ai plus que toi pour recevoir mes écrits, mon activité atelier d'écriture est interrompue, m'a-t-on dit, pour une durée indéterminée. Il paraît qu'il y a une maladie qui court, un virus très contagieux. Il y a même des personnes de mon groupe qui sont hospitalisées. Quelle histoire, moi qui ai passé tant de temps dans les hôpitaux, le monde ne s'est pas arrêté pour autant.

Je suis allée aux Strelitzias aujourd'hui, parce que c'était une belle journée, et qu'Adèle voulait bien m'y accompagner. Voir Christine, Marie, et d'autres fées dont j'ai désormais un souvenir précis. Je n'y étais pas attendue mais vers moi elles ont couru. Marie avec ses yeux de biche, Christine les bras grands ouverts. J'entends encore leurs rires, leurs éclats de joie, des cris d'admiration. Pas d'embrassades, on ne sait jamais !

J'aurais aimé passer par la salle à manger, celle dans laquelle je détestais jouer, mais juste par curiosité, pour voir ce qui a changé.

Elles m'ont dit : « Juste un petit coup d'œil par la vitre, Louise, par ces temps compliqués, mieux vaut ne pas y entrer. »

Que s'est-il passé ? Dans cette salle autrefois encombrée de musique, de bruits de vaisselle, des râles, de cris, de rires et de musique, il y a quatre vieillards, tous espacés dans la grande salle à manger, le visage barré par un masque bleuâtre, derrière une vitre, loin de leurs familles. Je ne reconnais personne, on ne voit que leurs yeux et leur tête qui tombe de fatigue et d'abattement. Je vois comment les familles s'agitent et s'égosillent derrière les vitres. Qu'est-ce que c'est que ce nouveau monde ?

Je vois les blouses mauves blanches et jaunes qui évoluent, comme avant, mais je ne vois pas leur visage, je ne vois ni leur grimace ni leur sourire.

Je croyais avoir vécu l'enfer.

J'y ai échappé.

Je viens de rentrer et je me réfugie dans tes bras, cher journal, en espérant, comme je l'ai toujours fait, la fin de cet épisode de folie collective.

*

30 mars 2020

Je tourne en rond comme un ours en cage.
Trop d'arthrose pour beaucoup écrire.
La musique m'apaise, m'endort, je me réveille, il fait nuit.
Le téléphone sonne, je réponds, je raccroche, rien à dire, la vie s'est arrêtée.
On frappe à la porte, j'ouvre, ça va là-bas au loin, comment ça va, je referme, au revoir, à demain.
Le téléphone sonne, oui, je mange, je respire, tout va bien.
La cuisine, le salon, le fauteuil, les toilettes, le couloir, la chambre, au lit.
Âgée, vulnérable, symptômes, comorbidité, groupe sanguin.
Restez chez vous. Prenez soin de vous. Maman m'avait raconté les bombardements, pas l'enfermement.

*

17 avril 2020

Le comble ! Je viens de me faire raccompagner par deux femmes policières. Gentilles, mais fermes, il paraît que je n'ai pas le droit de me promener avec Yvette et que j'étais trop loin de chez moi. Elles m'ont parlé d'un kilomètre, d'une heure seulement avec les personnes de mon foyer, mais je n'ai personne, moi dans mon foyer. J'ai vécu une maladie qui m'a volé dix ans de vie, et maintenant il faudrait que je m'enferme, que je me protège… Que je protège les autres ? Le téléphone sonne sans arrêt et ça m'épuise. « Tout va bien ? Qu'est-ce que tu as fait aujourd'hui ? Les courses ont été livrées ? Je vous prends du pain ? Je vous ai fait un gâteau, je le dépose sur le pas de la porte ». Et voilà, la gamelle est pleine, je peux l'engloutir et rentrer à la niche. C'est quoi ce monde où on ne fait que manger et se téléphoner ? Et voilà, maintenant c'est la mairie, l'assistante sociale, des gamins en service civique. Depuis quand les militaires s'occupent des vieux ? La femme de ménage ne veut pas venir en ce moment, ce n'est pas plus mal, elle m'aurait dit de prendre soin de moi. Les journées se suivent et se ressemblent. Je me lève, on m'appelle, je prends mon petit-déjeuner, je sors pour aller à la boulangerie, je reviens une fois sur deux parce que j'ai oublié de remplir mon papier, ça s'appelle une attestation, et ce genre d'écrit ne m'intéresse pas du tout. Je ressors, je vais chercher mon pain, les gens s'écartent sur mon passage, se tournent, baissent la tête, se cachent derrière un foulard, d'autres sont masqués comme à l'hôpital. Je rentre, je mange, j'allume la télévision, on parle de morts, de transferts de malades, de villes vides et sordides, les médecins se suivent et se contredisent. Je me demande si on parlait de nous, de moi, de ma maladie quand j'étais enfermée. J'éteins la télévision, je feuillette le journal, des chiffres, des pourcentages, des cartes du monde, la carte de France avec du vert, de l'orange, du rouge. Après ma sieste, le printemps m'appelle. Je claque la porte, je me retiens et ne vais pas chercher Yvette, j'ai compris la leçon. Au bout de la rue, on m'interpelle : « Mme Tesson, je suis Mme Rateau, votre voisine. C'est une fois par jour la petite balade ! ». Je m'appelle Louise Tesson, j'ai passé les 80 ans et j'ai le privilège de pouvoir être un peu sourde et de l'ignorer. Sur le port, des individus pressent le pas, courent, s'écartent, sursautent au moindre toussotement, regardent leur montre. Un chat roux s'écarte sur mon chemin, lui aussi.

*

19 juin 2020

Je reviens de l'atelier d'écriture, il a repris, enfin ! Nous avons tous évoqué nos confinements, nos souvenirs, nous en avons déroulé quelques-uns, pas tous, je les garde pour moi. Les souvenirs fatiguent, ils engendrent pleurs et mélancolie et ne font pas avancer. Tout comme moi, les participants en ont assez d'écrire leurs nostalgies et leurs ressentiments. « Léa, on en a assez de ressasser les souvenirs, tu nous trouves d'autres sujets » ont-ils dit à l'animatrice pour la taquiner. « Message reçu, l'avenir, les rêves à réaliser seront les thématiques d'écriture de la semaine prochaine » a conclu Léa. Mieux vaut que je m'y essaye tout de suite.

Je rêve de voir la neige tomber à Noël
Je rêve de jouer à la marelle dans une cour d'école
Je rêve de confidences avec ma meilleure amie
Je rêve de pouvoir aimer l'homme que j'aime
Je rêve de conduire mes enfants à l'école
Je rêve de pêche à pied en ciré à Trébeurden
Je rêve de savoir consoler les chagrins d'amour de mes petits
Je rêve de remonter le temps
Je rêve de ne plus rêver du passé
Je rêve de tourner la page
Je rêve d'être cette femme miraculée
Je rêve de savoir remercier ceux qui m'ont aidée.

Je rêve tout simplement de ne pas être que l'image que tous attendent. Une femme guérie, sortie d'affaire, la première d'une longue liste, croquant la vie à pleines dents, celle qui pose en couverture de *Notre Temps*, les dents blanches et le regard bleu pétillant, celle qui est débordée, cours de gymnastique douce le matin, bénévolat au Secours Populaire l'après-midi, concert le soir. Celle qui noircit son agenda de Scrabble, atelier bien-être, cours d'anglais, massages, thé dansant, week-end chez les enfants.

Je rêve de ne pas être la super star du film de mon fils

Je rêve d'être.
Être qui ?
Celle qui rend ses enfants heureux ?
Celle qui ne les dérange pas trop ?
Celle qui sait remplir son temps ? Quel temps ? Combien de temps ?
Celle qui les laisse vivre leur vie en vivant la sienne ?
Je leur dois bien ça, leur cauchemar est terminé.

Alors je dois remplir ma nouvelle vie de rêves multiples.

Je rêve de…
Je rêve…
Je…

Je rêve de pouvoir demain compléter cette page blanche.

*

22 août 2020

L'été en pente douce… l'ennui s'est installé… L'inspiration s'en est allée… Il y a des rires et du mouvement sur le front de mer, mais des liens ont été brisés. Des personnes connues ont disparu. D'autres se calfeutrent et se dérobent. Derrière les volets ou tapis à l'ombre de masques triple épaisseur. On appelle ça les gestes barrière.

Deuxième été de liberté…

Quelle liberté ? Celle que m'a promise la communauté scientifique au terme de ma longue bataille contre la maladie ? Comment en jouir, alors que jour après jour pleuvent nouvelles anxiogènes et mises en garde culpabilisantes ? Quel essai clinique va-t-on me proposer cette fois-ci pour sortir de la case « personne vulnérable » ? Suis-je entrée dans l'hiver de cette nouvelle tranche de vie que l'on m'a tant fait miroiter ?

À toi dont le nom ne doit être prononcé :

Dormir pour toujours au creux de tes bras, cet espoir je l'ai caressé bien des fois. Que mon cerveau embrumé glisse vers le magma de la terre et emporte mon frêle corps amoindri... Ce vœu, je l'ai pensé encore et encore sans pouvoir te le formuler, quand j'habitais chez les vieux. Mes congénères hurlaient, chantaient, tempêtaient alors que ma voix chevrotait. Te rejoindre dans ton univers inconnu, vite, avant que la folie ne s'empare de moi, dans ce mouroir à l'air vicié. Je te convoitais, je rêvais de fermer les yeux pour toujours, ne plus sentir la soupe aux choux du soir, ne plus entendre le cliquetis des fauteuils mal réglés, ne plus croiser les regards compassionnels, ne plus subir les avalanches de questions dont je n'avais pas la réponse, ne plus, point final, on n'en parle plus. Ne laisser de ma vie que quelques albums photos, un beau « Louise Tesson » doré sur une plaque d'ornement de pierre tombale, et franchir l'ultime étape vaporeuse, poussiéreuse, inéluctable, redoutée. Tu apparaissais souvent, visage défait et amaigri, sourire moqueur, port de sultane dans ta robe effilochée, pour emporter des compagnons ou compagnes d'infortune. Après ton passage, on ne les entendait plus crier, geindre, on ne les voyait plus vaciller, on n'évoquait pas la douleur de leur absence.

C'est à terre, le crâne ensanglanté que j'ai glissé vers toi doucement et sans regrets, que je voyais le fil de ma vie se dérouler, que j'étais prête à céder à tes avances. Soudain, j'ai vu mes enfants, effondrés, penchés sur mon lit blanc, alors je t'ai repoussée violemment. Tu es arrivée trop tôt, je n'avais pas dit mon dernier mot.

Cette descente aux enfers – ou cette montée aux cieux – n'est pas arrivée en bout de course.

Pendant des jours et des nuits, isolée dans mon voile opaque de fiancée à la science, je me suis prêtée au jeu d'une souris de laboratoire, stimulée par un essaim de personnes bienveillantes bourdonnant autour de moi, jour et nuit, se battant pour me faire ingérer l'élixir de jeunesse qui me ramènerait à la dignité.

Pendant combien de temps aurai-je le courage et la force de te repousser ? Pendant ma période de retour à la vie, pendant ces trois mois d'enfermement, mes écritures m'ont sauvée. Je suis maintenant sortie du brouillard et je vois bien cette société affolée, calfeutrée, qui ne comprend pas que la vie est un risque et qu'il faut l'affronter. Ce virus insidieux et invisible ne me fait aucunement peur. Isolée à nouveau, je refuse de l'être. Je veux revenir sur le champ de bataille, construire une nouvelle histoire avec mes enfants qui ont bien avancé le roman de leurs vies. Je veux le partager et l'écrire à ma façon, pour eux, plus tard. Moi, qui ai prêté mon cerveau à la science, refuse d'être enfermée, protégée. J'exige qu'on me laisse voler, voir mes proches et les embrasser.

Mais une psychose planétaire s'est emparée de notre société. Certains soirs, quand les yeux embués de sommeil et d'épuisement je ferme mon cahier, j'ai envie de te laisser revenir vers moi. Aux premiers rayons du soleil, j'entends mes petites abeilles à l'ouvrage, je regarde mon cahier qui ne demande qu'à être noirci, jusqu'à ce que j'aie déroulé ma liste de « je me souviens » et si je n'arrive pas à compléter ma liste de « je rêve de… » je déciderai d'écrire le mot FIN.